# 所有開始，
# 都意味著結束

隨想 著

# | 推薦序一 |

　　第一次看到隨想的文章，是因為 Instagram 的演算法，將他所寫的散文〈**愛你，但不再喜歡你**〉帶進我的手機螢幕裡。

　　平常我不會太認真細看，演算法推薦給我的文字。Instagram 實在有太多擅於寫作的作者，而且題材包羅萬有，如果每篇都去細讀，只怕一天有四十八小時也不夠用。但是那一次，我卻對著手機，默默地看完了那一篇散文，然後忍不住點進隨想的個人檔案，細看他的其他文字與創作。

　　隨想寫的散文，用字並不艱澀，沒有太多修飾，但給人一種真摯直率的感覺，就像是一位朋友，願意無私地與你分享他日常的各種體會與想法。讀完隨想這本書，你或會更加了解這位年輕人，對於感情、成長、未來及生死，有著怎樣的觀察、反思、不安或執著。可能到最後，不會為你提供一個可以釋懷或頓悟的答案，但是他的文字會陪伴讀者一同思考，一同靜觀自身的成長與不足，然後繼續往前開拓屬於自己的道路和方向。

寫散文而持之以恆，其實並不容易，因為作者需要赤裸地將自己的生活與所思所想展現出來，才可以讓讀者看得盡興、感到共鳴。真摯是創作人其中一種最有價值的本錢。希望隨想可以繼續努力寫下去，遇到更多喜歡他的讀者，一起走得更遠。

作家 Middle
2023 年 6 月

# | 推薦序二 |

隨想是一位我很敬重的作家。

此番敬重，不是我的誇張客套話，而是他確實學識淵博，有時和他閒聊幾句，也能從他身上學到許多。有時關於文學，有時關於學習，有時是一些對於生活的見解。特別是，加上他在大專教學的經驗，以及他在中文領域的學識，我不得不坦白，我很羨慕他的學生。

最初和他認識，也如許多人般，只限於網上，就是見過幾篇演算法推來的文章，留下一個大概印象。是到了後來，我們偶然談起出版，才剛好多談幾句，從此認識。我也是這時開始才發現，隨想除了在網上寫作、發文，他與讀者之間也建立起了朋友般的關係，令我印象非常深刻。

每星期一，隨想都會在 IG story 接收讀者來信，然後逐一回覆。我起初以為「逐一」回覆只是噱頭，不可能回覆完，於是後來膽粗粗（加上一點無禮），直接問隨想：「真的全部都會回覆嗎？」

「是。」

自此我對網絡寫作，多了一種不同見解。

過去我們想像網絡，總會把各種碎片化現象混為一談，諸如情節的加速、描寫的剝離、篇幅的削短，隨著網絡速食時代的到來，以上種種形容，都彷彿宣告文字的黃金時代已經結束。

然而隨想的出現，令我再次反思了「作家—作品—讀者」之間的關係。隨想提醒我們，網絡不應該是作品的敵人，文學作品的誕生，也不必然是要對抗網絡。在瞬息萬變的時代中，或許我們更應思考怎樣利用網絡，甚至，以網絡作為形式的一部分。

網絡不只有碎片。無論怎樣不願承認，網絡都拉近了我們每一個人的距離。讀者與讀者之間可以形成群體，作者與作者之間也會透過網絡交流。而隨想在網絡時代交出的答案是，作家不必然要滿腹理論，然後高高在上「發表講話」，作者與讀者之間其實可形成群體，互相尊重、保持聯絡。

隨想準時每星期六晚的一篇文章，有時説愛情、有時説人生，無論怎樣，他也和讀者一一走過。或許就是這種網絡少見的一點「人味」，令我們如此喜歡隨想。

作家 羊格

2023 年 6 月

# | 推薦序三 |

顛沛流離的年代，更需要優秀的文字。

好的文字是靈魂的甘露，可以從每一個細微的毛孔滲入我們內心，撫平肉眼難見卻無法磨滅的傷痕。

如蜜，貼在嘴裡的香甜。

如芥末，不期然嗆出滿眼淚水。

如冬日的暖湯，一口一口細啜，能緩解凍僵的雙手和疲憊的心靈。

隨想的文字，深深刻劃了變幻離散年代之中，眾人的喜怒哀樂。

細密的思緒伴隨文字層層深入，絲絲帶出曾經在自己心底存在過，卻無法名狀的那點感受；勾起過去夜涼如水的某個深夜，自己也曾經有同樣想法。

你和我和他，靈魂的寂寞、恐懼、渴望、愛欲、悲傷，一切一切。

只要來過、愛過、活過，思考過自己、人生、社會，總能輕易被他觸動。

生命在困乏中前行，少不免目睹所愛所親所信遠離、消逝、一去不反。然而，這世界上，總有人能明瞭你的傷痛。

　　且行且思，原來，最需要的是靈魂的滋養。

　　在知心的陪伴下，與心底的回憶和創傷對視，帶一絲絲的痛，然後強烈共鳴——世界上有人跟我一樣。

　　原來，我並不寂寞。


作家　又曦

2023 年 6 月

# ｜推薦序四｜

我對隨想有兩個印象。

第一個印象是，黑色。你按進他的 Instagram 主頁，基本上就是一遍黑海，所有圖片都是灰灰沉沉的，不為意以為自己怎麼變色盲了？但這是他的特色。

隨想的文章有一個特點，就是他所說的題目全是圍繞我們的生活。我們究竟為何活、活著會面對的痛、該不該自殺、愛情的苦、處身於世一事無成等等……乍看之下，可能會覺得好灰暗，如同他 IG 的頁面，但這正正就是他最想做，他要剖開生活；他要剖開自己，哪怕甚至是生命中最黑暗的一面，都要將自己所思所想、面對生命的問題拋出，跟大家進行反思。

所以不少讀者都會覺得，隨想的文章好有感染力，直中他們心中所想，這是隨想的特色。

第二個印象，要數到畢業禮。話說上年畢業禮當日，隨想問我坐在哪裡，抬頭一望，發現他就是鄰座，我們相視而笑。隨想真人的笑容很好看，甚至會覺得他是陽光型男生。這是我第二個印象。

事後，當我再一次回看他的文章，我明白，他不是提出絕望、也不是說生命就全是黑暗，而是先破後立，是一種另類的治癒。

他是想跟讀者說：「是啊，生活很黑暗。」

「是啊，生活偶然也很痛。」

「但因為我經歷過，所以我懂你的。」

作家 西樓月如鈎

2023 年 6 月

# ｜自序｜

「若大家看得到這篇序，也看到這裡的話，即證明這一懶者真的完成了他的散文集。是為記。」──寫於 2015 年 11 月 24 日

2015 年 11 月 24 日，晚上 9 時多，我在北京大學留學生宿舍與友人聊天，我再次提起想寫文章的念頭，這已是在大半年間不知第幾次向朋友提起了，但我卻一直只有「想」字。

友人那時問了一句：「諗好咗就寫啦，拖嚟做咩？」

不知為何，友人這句無心的「閒話」猶如當頭棒喝，令我對自己的懶惰泛起了羞愧之感。

對啊，拖嚟做咩？

回房後，我於晚上 11 時多寫下了第一篇用「隨想」為筆名的文章。

當時我不知道該寫甚麼，決定先寫了一篇「序」。同時亦把自己的筆名改作「隨想」。

那時我已很肯定自己會寫散文，那篇文章提到：「希望透過我這些年的經歷、想法，整合為一個又一個的小題目，從而寫下。然而所謂隨想並不是指文中內結構的隨意，而是全集所有題目範圍的『隨』。」

那時我覺得要麼不寫，一寫就要寫到出散文集，而且出書時還要用回這一篇序。老實說，其實那不過是對自己開的玩笑，因為我並不覺得自己能堅持多久，我太懶了，更不要說會出書。

轉眼間，8年了。

我由19歲還未考到大學的大專生，變成讀完碩士、正在大專擔任兼職中文講師。這8年間，我為「隨想」開了instagram，然後固定每星期六發佈一篇文章。這8年間，看著帳號只有不到一百人追蹤，每篇文章十多人讚好，變成三萬多人追蹤，每篇文章過千人讚好。

那時候我終於認真地想：「我⋯⋯好像真的可以考慮出書了。」

是的，我終於在8年後出書了。

如同8年前「隨想」的初心，這是一本散文集，當中分為「**活著、愛情、死亡、人**」四個部分，一共五十多篇散文。

這些文章的時間維度橫跨8年，均是我在這段時間內的一些經歷和感悟。在整理文章期間，看到曾經的自己時，不禁有些感嘆，原來有些事情過去那麼久了，原來現在有些行為，是受以前某些事情所影響的。

19歲到26歲，由懵懂少年變成社會人士，經歷了畢業、轉工、分手、朋友移民、生離死別等，發現所有事情只要開始了，都是步向結束，無論是愛情、親情、友情，也許大家這幾年都有這感受。

所以「**所有開始，都意味著結束**」，是我這幾年來最大的感受，或者可以説是總結吧。

所有開始，都會有結束的，但我希望每件事結束時，我們都能在過程中學到一些東西，即使那是痛苦也好。

這本書也會有讀完的一刻，但我希望大家讀完這本書後，可以讓你們有些思考或得著。或許在你未來的某一天，遇到甚麼事情時，你會突然想起其中一篇文章，然後再次閱讀，並有不同的感受。

我希望是這樣。

隨想

2023 年 6 月

# 目錄

## 第一回

# 活著｜做自己

# 第二回
## 愛情丨動情者

# 第三回

# 死亡｜怎麼死

# 第四回
# 人｜就是孤獨

# 第一回

# 做自己

我們更像密室火場中的求生者，

不能選擇停留，只得往前衝，

但結果還是一樣。

這就是生活。

我所做的一切都沒有意義，

但我還是要做，因為我要生存。

可是我的全部努力，

只完成了一個普通的生活。

# | 渴望長大 |

**我小時候總渴望長大，總覺得「大人」兩個字是仰視的存在，它高高在上、無所不能。**

那時身邊的人都在說「你還小，長大後你就明白了」，「還小」變成很多事情的解釋、原因，所以那時我就覺得只要長大了，一切都會好的，所有問題都會迎刃而解，所以我對「長大」也有著莫名的期待。

但人愈大，慢慢就會發現，長大只不過是生理上必然發生之事，它是客觀現實，如同日出日落，它並不會帶來甚麼「超能力」。「大人」就像數學，小時候看到中學的數學題目滿滿的符號和公式，總覺得很「有型」，但當自己真正去接觸時，不但沒有覺得很有型，而且還覺得討厭。

其實所謂的長大，沒有我想像的那麼好。雖然長大了，不再需要家人給零用錢，也不再需要上課、溫習、考試，但以前學校會規定好我們的未來，甚麼時候考試、甚麼時候測驗，全部都有時間表。無論是懶惰還是用功，我們都會在某個時間點做同一樣的事，那時候我們還未意識到時間的重要，因為大家都一樣。

但長大後，再沒有人告訴你甚麼時候要做甚麼事，長大後再沒有時間表，所有事情都要自己去制定，更沒有人告訴你這個時間表是否正

確。這一切都得靠自己，你懶惰的話就只會懶惰下去，沒有人會提醒你。

另外，長大後的一切回報都變得很慢，甚至遙遠而虛無。小時候只要努力溫習，成績就是回報，既清晰又公平。現在我根本不知道自己所努力的回報，到底何時才出現，一年？兩年？十年？還是根本就沒有回報？

甚至有時覺得自己最終只是白忙一場，一切只是自我感覺良好罷了，我亦會對自己的努力感到迷茫、懷疑、焦慮。怎麼這麼久還未有成效？我所努力的，是否用錯力？最終是否只是徒然？

有時看著曾經的同學，一個又一個的過得比自己好，不禁會質疑自己。很多問題亦會隨時間流逝而出現。

堅持？

還是放棄？

我們在做一條未到最後一步也不知道對錯的題目，然而我們連最後一步在哪、中間哪個步驟是對或錯都不知道。

成長就是從前共同一起生活的人，各自游向各個方向，每個人都有一條未知的路。面對那無盡而未知的時光裡，我再不能像以前那麼「佛系」，時間已不只是單純的時間，時間成為了一種籌碼，一種輸了就再賺不回來的籌碼。

其實我們每天都在長大，這沒甚麼好渴望的。

我們一直以來所渴望的長大，好像只有那麼一剎那，突然不知怎的就長大了。又或許我們渴望的並不是真的長大，而是那無所不能、無所束縛、自由自在的能力，只不過當時我們認為「大人」能做到而已。

拼了命的長大，終於成為了大人，卻發現一切只是虛幻。大人只是大人，只代表時間過去了，我們還是那個自己，但卻有更多束縛，愈感無力。這時，我們卻又渴望回到過去。這不好笑嗎？怎麼可能回得去，就像今天的日出永遠也不會和昨天的日出一樣。

人真是有趣，小時候總渴望所謂的「長大」，長大後卻想著回到從前，我們一生都在追尋一樣永遠不可能的事。我想起羅曼羅蘭的一句話：「大部分人在二三十歲上就死去了，因為過了這個年齡，他們只是自己的影子，此後的餘生則是在模仿自己中度過。」

**或許，我們在渴望「長大」的時候，就已經「死」了。**

**或許，有年輕的讀者不懂，我只能對你說：「你還小，長大後你就明白了。」**

# ｜只因我們還年輕｜

　　很多時我對於生活、生命上一些困擾，都無法立即解決，比如最近經常思考問「不知道十年後、二十年後的自己是怎樣的呢？」，「我結婚了嗎？有人會願意和我在一起嗎？」、「工作順利嗎？賺到錢嗎？」

　　這些問題我無法回答，但也無法立即解決，只能等那天到來才知道答案。而每次一想到如果十年、二十年後的自己，只有愈來愈差，沒有人想和我在一起、賺不到錢等等時，我就十分沮喪。但又不知何故，我內心仍有著一絲微光。那是一種難言的希望，所以我每次都會過一段時間後重新振作。

　　而我發現這希望的源頭是——年輕。

　　時間是世上最不可逆、最實在的事物，因為它公平，無論你的身份背景，我們都共用同一個時間。

　　年輕，意味著還有很多時間，這是不爭的事實。

　　如果問你，年輕代表甚麼？你會發現，很多美好的用字都往「年輕」上扣：青春、熱血、無憂無慮、單純、夢想、理想等等，有時甚至一些貶意詞，在「年輕」時，也突然變成一件蠻可愛的事：傻氣、魯莽、反叛、淘氣等等。

－ 活著｜做自己 －

「年輕」這個字很神奇，雖然它是一個中性詞，但我們總是對它嚮往、懷念。因為「年輕」在歲月中還是初生兒，還被保護在襁褓裡，未需要面對洪流。因此每當長大後的人回首過去，無論年輕時的歡聲或淚影，都會覺得那是「幸福」的時光。

有一首歌的歌詞說道「年少多好」，這個「好」，說的應該正是這一點吧。

## //

我相信我們內心都有個自動計算系統，它會讓我們知道時間的多少。這也是為何我會有莫名的希望、莫名的曙光，只因我知道我們還年輕。

年輕就是希望，也是我們的資本，常言道「時間就是金錢」，時間不單是金錢，它超越了金錢，因為時間可以安撫我們內心無名狀的不安。

生活、工作、養家，這些問題年輕時總會開始思考，並感到壓抑。夢想、理念、生命，年輕時總有那麼一刻開始有點動搖，因為體會了社會的現實和殘酷。

但這都不要緊，因為我年輕。

未來的時間對年輕而言，是留白的，我們內心會在空白的時間填上希望。時間的長度決定了我們希望的亮度，我們總是相信時間可以彌

補、改變一切。那是莫名的相信，因為我們「相信」還有時間，還有重頭再來的機會，時間給予我們勇氣去嘗試，並不怕失敗。

長大後，我們大多已有了一個歸處，將以家庭為本位，負擔更多，伴侶、孩子、父母是我們的羈絆。我們沒有更多的時間去重頭再來。對於夢想、理念、生命，那時候大概已有一個結論，年輕時的希望在這裡已有結果了，或許已經完成，又或許已經隻字不提。

這種無法逆轉的結果，真的很令人絕望。

年輕是漂泊的狀態，對未來充滿不安、恐懼，也會懷疑自己，更要面對堅持與放棄的選擇。但無論如何，未來都是未知的，一切皆有可能，所以我們常聽人說「不要緊，你還有很多時間」。

無錯，我們還有很多時間，只因我們還年輕。

然而當我們處於年輕時所說的未來時，一切已成定局，我們再沒有未來給自己幻想及寄望，因為那時的未來只有死亡。時間是不可逆的，我們已不能重頭再來，或許只能回首過去，而得到的只是後悔。

有時候我看著街上的老人，我會想如果到了他們的年紀，我會怎樣？是活得灑脫？還是屈屈不得志？我突然覺得最殘酷的事是，叫一個已無作為的人，回頭看自己年少時的理想。

我難以想像自己長大後會是怎樣，也很怕自己回首時，自己年輕的幻想已破滅，自己的全部努力也不過如此，當年的幻想也真的只是幻

想。那時的我已不能再對未來有任何幻想，只能默默的面對現實，或許抱憾終生。

每次想到這，我就莫名悲傷。但過一陣子，我又會沒有了這個想法，繼續如常生活。

**為甚麼？只因我還年輕。**

# | 感受到時代離你而去嗎？ |

**最近我生日了，24 歲了。**（出版時已 27 歲了……）

**最近我要選科了，準備修讀兩年的碩士課程。**

**最近我接觸了一些 00 後，他們說我老了。**

**最近我覺得……時代正離我而去。**

不知從何時起，社會興起了「ＸＸ後」這個詞組。在我印象中最早出現的是「80 後」。那時好像在說甚麼「80 後開始步入 30 歲了」，下一句是說「90 後也 20 歲了」，有點像在開玩笑，又好像在嘲諷。

但更多的是有一種心酸──時間遠去了呢。

我是 90 後的，但當時我對於這段說話沒甚麼感覺，一來自己不是 80 後，也與 80 後的人沒有太大瓜葛。二來雖然自己是 90 後，但對於這個群體也沒有太大歸屬感。

我當然知道自己是這個年代的新血，因為我還年輕。但我卻不覺得有甚麼特別。畢竟春去冬來、寒來暑往，一切都是大自然的規律，它不會為我帶來甚麼好處或壞處。一切都是理所當然，一切也是剛剛好。

時代就是這樣，一代又一代，可不是嗎？

90 後是年輕；80 後已漸老。這是一個自然淘汰的過程，可不是嗎？

現在回想，我之所以無感，只是因為我不是被淘汰的那一方。日復日，年復年。轉眼間，90 後的我已經 24 歲，我不是説 24 歲是有多老，但 24 歲卻開始要面對「**快要不年輕**」的問題，這才是問題所在。

早前我認識了 00 後的朋友，才發現 00 年出生的人已經 20 歲了（此書出版時已是 23 歲），早點出生的話已經 21 歲了。他們已經在讀大學二年級，甚至可能打扮得比你更時髦，看上去可能比你們更成熟；可能比你更會化妝。

他們……比我們更有活力；他們……有我們所沒有的青春。

不知道有沒有 90 後，或更前的朋友，你們對於 00 後的感覺是甚麼？反正我一直以來都覺得 00 後就是小朋友。想像一下，我們基本上 5 歲之前的記憶都沒有的，而 03 年的 911 事件、張國榮跳樓身亡、梅艷芳病逝、董建華下台、04 年的南亞大海嘯等等，這些在我腦海中，都是歷歷在目的。然而這些事件在 00 後腦中，或許就像我這個 96 年出生的人對 97 年回歸完全沒有印象一樣。這不禁令我倒抽一口涼氣。

24 歲的我還未老，就像當年的 80 後一樣，是「**漸老**」。這個「漸」字猶為可怕，因為我慢慢意識到，自己正一點點流逝。長江後浪推前浪，我還不是前浪，但我卻看到後浪逐漸湧來，我意識到自己快要成為前浪了。

我修讀了為期兩年的碩士課程，意味著畢業時我已 26 歲。（亦即現在……）我已開始面向 30，而 00 後的才剛剛步入 20。這對比使我內心有種難言的感受，我開始在計算時間，開始在思考自己如何運用時間，也愈來愈小心翼翼。

同時我又質問自己，為甚麼沒有了以前的勇敢？為甚麼開始權衡利弊？因為我意識到自己快要不再年輕，時間無多了。

所有事情的起點，都是一個念頭、一個思考而起，然後一發不可收拾，開始了就沒有回頭的了，那是射出去的子彈。

我已意識到自己將會是遭淘汰的那一方。我成為了當年的 80 後，00 後成為了當年的我，他們會覺得沒甚麼感受，就如當年的我一樣，因為這一切對他們而言，都沒有甚麼特別，因為他們是時代的新血，時代是屬於他們的。

時代正在迎接他們，時代正在離我而去。

你們感受到嗎？我感受到了，並甚麼都做不了。

**這一切均不可逆，這就是時間，這就是自然。春去冬來、寒來暑往，一切都是大自然的規律，可不是嗎？**

# | 生活 |

離開校園數年，有時嘗試回憶讀書時的感覺，但也愈來愈朦朧了。縱使我有一切讀書時的畫面，但我卻再記不起那時的心情，就像看一段沒有聲音的歌，記住了歌詞，卻忘記了旋律。

生活就是這樣，它會令我們漸漸忘記過去，認清了更多現實。又或者生活就是現實，而且是殘酷的那種，我們每天所面對的現實，只會把過去的記憶壓縮得愈來愈少。

生活是時間的寄生蟲，我們活在時間線上的人，只有無可避免的，不知不覺的受到生活的蠶食。所以我經常會質疑自己，為甚麼我要做這些事？我想做這些事嗎？不想的話，又是誰令我這麼去做的？

其實也不難懂，有一句老話說得無錯，那就是生活所逼。

時間一天天流走，不經不覺的年復一年，時間快得不像話，快得令我感到不適，我有時候覺得這是一段聲話不同步的時間，自己的成長趕不及四周的變化。而這種變化，往往是我們被逼著成為這個社會要我們成為的人。

沒有人想變成這樣，但沒有人能反抗成功。

為甚麼？生活所逼嘛。

「生活」明明是中性詞語，但聽上去卻總是如此沉重。

//

一位認識了很久的朋友告訴我：「你變了，你沒有了童真。」

說實話，我當刻沒有太大的反應，因為我根本不覺得自己有童真的話會怎樣，又或許說，我快忘了有童真會是怎樣。但後來我細想這句說話時，卻讓我有點茫然。甚至是不舒服，就是當發現自己失去了點甚麼，卻沒有真的失去了甚麼的那種感受。

是麻木了嗎？是接受了嗎？不，是生活令我這樣的。

這一切就像溫水煮蛙，生活是令人漸變的一個過程。不知不覺間，當你回過頭來時，就會發現一切已回不去，也記不清了。不論好壞，我們終究是活成了另一個模樣。每每想到這，我就莫名的黯然。

每個人都在生活，大家都不容易，我們都被逼著做某些事情，雖然我們都不一樣，但其實我們都一樣。有時候走在上班路上的清晨，真的好想對街上的大家說聲加油，因為我知道，他們和我都一樣。

為甚麼？生活所逼嘛。

真的，真的是逼。不然我們為甚麼要一直在努力？不就是希望給予自己一個滿意的生活，然而真正能做到的人，也就寥寥無幾，而路上都是屍骸。

大部分人都死在路上，甚至他們腦海中的那個彼岸或許從不存在，不過是一群人幻想出來而已。但令人唏噓的是，他們也許知道這只是幻想，也預視到自己的結局，只不過他們在找一個理由，令自己堅持下去。

　　當命運早已註定，而又無法改變時，你會做些甚麼？

　　**我覺得我們像飛蛾撲火。不，也許更不堪，我們更像密室火場中的求生者，不能選擇停留，只得往前衝，但結果還是一樣。**

　　**這就是生活。**

－ 所有開始，都意味著結束 －

# ｜錢與生活｜

**很多人談到「錢」這個字，就會覺得庸俗，甚至嗤之以鼻。**

以往還在讀書的時候，不知道是年少輕狂，還是因為自己中學讀文學，大學又讀中文系，多少有點所謂的「文人風骨」，那時候，總覺得「生活」這個詞語是高尚且神聖的，如果在談及生活時提起「錢」，就是庸俗。

而作為「文人」，更不能對錢有太大渴求，不然就有銅臭味，變質了，不是那麼一回事了。有時甚至覺得一定要像古人那麼潦倒，才顯得自己的情格多麼高尚，以及懷才不遇。

但在社會待得愈久，愈會發現生活與「錢」愈來愈緊密，甚至二為一體。很多時候，我們在為生活而煩惱，但又不知道在煩甚麼，不知道怎麼解決。後來發現，其實只要有錢，生活上很多事都不用再煩，或是不用那麼煩。

就以最普遍人會遇到的問題為例吧——上班。只要有錢的話，不用再煩明天要上班，不用再煩公司的人際關係，不用再煩手頭上還有甚麼未完成。可以拿錢去做自己想做的，去自己想去的。

當然，也有很多東西是錢不能買到的，比如一些情緒，我們會面對生老病死、失戀等等。但有錢的話，起碼我們可以盡情地發洩情緒，而

不用再去煩多一重明天又要上班、銀行戶口不夠錢支付醫藥費等。

有時候我會覺得，金錢真的可以買到時間的，只要足夠有錢的話。

老實說，我不是不知道錢的重要性，而是以前的我還沒意識到錢的需要性。就像我知道空氣的重要性，但我卻很少意識到自己有多麼需要它，因為我從沒有窒息過。

## //

錢雖然不是萬能，但也接近了。

因為錢，改變了大部分的人；而人，建構了這個世界；而我們，在這個世界生活。有時候我會想，如果這個世界沒有錢，會是怎樣？我們的生活會不會變得更好？

諷刺的是，這個世界好像注定是要有錢的出現，這個世界好像不能沒有錢，它是文明的代表，它改變了血腥的弱肉強食，變成只要努力工作，賺到了錢，從而得到我們想要的。

錢成為了我們完成慾望的中介人，也是人與人之間角力的中介者。只是，這個中介的出現令弱肉強食換了形式。

我們亦由單純的只求生存，變得更多慾望。我們變得更貪婪，用更多不擇手段的方式去得到金錢，人亦得變更虛偽。某程度上，雖然再沒有血腥的撕殺，但它卻使人類變得更邪惡，這個世界更醜陋。

有時候我在想，這到底是好是壞？

我們變得所謂的更文明，但我們變得更醜陋；我們變得有更多高尚的理想與志向，但我們卻在追求的過程中痛苦。

過去的撕殺之所以恐怖，是因為直面死亡、肉體上的疼痛。然而在金錢建構的生活中，我們面對的就不比死亡差嗎？就不比肉體傷嗎？

錢是人類發明的，但慢慢地，錢卻控制了我們乃至整個世界，我們創造了一樣我們會為它服務的東西。它在束縛我們的思考和行動，也令我們放棄一些夢想或理念。有時我會想，為何如此高尚的東西，會被如此庸俗的事物所局限？

有句說話是這樣的，「遙遠的夢想必須要建立在經濟基礎之上的，否則你再有夢想也白費。」以往的我看到一定嗤之以鼻，但慢慢地發現這才是事實。在現今這個社會，要實現夢想，首先得要活著，而你又會發現，需要錢才能活著，再之後又發現，去追求有錢就已經夠辛苦了，因為或許窮一輩子也追求不了，所以最後索性會覺得，能活著已經很不錯了。

**而夢想，就成為了遙遠的代名詞，它好像存在，但卻觸不可及。**

**又或許，夢想只是我們虛想出來的一個彼岸，它根本不存在。**

又或許，夢想是否存在其實並不重要，重要的是我們這些人會為了達到這個彼岸，一直為了金錢而活著。

# ｜累了｜

**人愈大，愈來愈容易覺得累了。**

明明一天沒怎麼動過，就這麼坐在辦公室，對著電腦打字，工作量亦不是特別大，也不需要使用太多腦袋，但還是感到很累。

十分的累，沒有動力的累，近乎失去靈魂的累。

出來社會工作後，這種感覺愈來愈強烈。不知道你們有沒有這樣，不單是上班時累，甚至是只要想到明天要上班時，立即就覺得累了。

後來，我覺得這種累根本不是身體上的疲累，而是內心上、精神上的那種累。我累，不是因為這份工作有多辛苦。我累，是因為我每天需花上七、八個小時所做的事，對我的人生沒有任何意義。

那種累，是心累。

其實只要仔細想想，就會發現上班這件事很恐怖。

因為它控制了我的一切。

我們來算一算，上班時間 8 小時，算上起牀準備、上下班乘車的時間，就我而言，我每天要花上十多個小時在有關上班的事情上。

回到家八時多。洗澡吃飯，九時多。由於我要早上九時起牀，所以如果想有 8 個小時的睡眠時間，凌晨兩點前就要睡了。換句話說，一天中我只有 5 個小時不到的休息時間。細想一下，除了睡覺外，它佔據了我一天七、八成的時間。

若再嚴格點説，其實那 5 個小時所做的事，甚至包括睡覺，也是受工作影響。因為我們那 5 個小時，是扣除了工作的時間之後，自己分配的。我們會在那 5 個小時去做上班不能做的，為的不過是想將生活與上班區分開來，令那 5 個小時成為所謂的「Me Time」。

而我們之所以為「Me Time」感到放鬆，那是因為與工作無關。但無奈的是，愈強調要有「Me Time」，愈反映我們因為工作而失去了「Me Time」。

為甚麼會這麼累？

也許因為無論 Me 和 Time，都沒有了。

睡覺是一天中最自由的吧？是的，睡覺的過程是的。但甚麼時候睡，甚麼時候醒，卻不是自由的，那也是被工作所控制。

我們會計算還有幾多小時可以睡，所以我才會説「兩點前就要睡了」，因為我計算了如果兩點睡還有 6 個多小時的睡眠時間，一旦超過了兩點，我就會睡眠不足。有時滑手機不小心滑到凌晨兩三點，明明不想睡的，但看到時間還是會暗鬧一聲「糟了！」，之後逼自己睡。

為甚麼要這樣？

為甚麼要兩點前睡？為甚麼只有 6 小時可以睡？為甚麼要逼自己睡？為甚麼要在八、九點時起來？

為甚麼？

沒為甚麼，因為要工作。

我們都被工作所控制了。它控制了我約朋友的時間、它控制了我回家的時間、它控制了我睡覺的時間、它控制了我醒來的時間。它亦控制了我的情緒，Happy friday、Monday blue。就算是和另一半吵架，我也會想：「明天還要上班，先不要吵架。」「一會兒還要開會，就先不要罵她了。」

它控制了我一切。

即使轉了工作，也只是換了另一個框架活著。

時間無情的流走，生命在消逝，但我們卻重複著一樣乏味的生活。最後我們回首，發現除了金錢以外，甚麼都沒有得到。

如果命運是虛無飄渺的存在，並控制人的一生路途，那麼工作就是實實在在的存在，並束縛著人一生的活動。

被工作束縛，多麼的諷刺。我們寶貴的一生，一直都只能在滿足別人，那個所謂的老闆，甚至是我們討厭的。我得到了他的金錢，但他卻

得到了我的時間。金錢可以買到我的時間，但我卻不能用金錢把時間買回來。面對生命，工作就是一個不對等的交易。

這是一個無解的局。因為我為了生活而工作，但工作後我就沒有了生活。

這是一個輪迴。

很多人說社會是一個大染缸。不，我覺得社會是一個人，我們每個人都要被它強姦。出到社會後，愈來愈清楚這個事實，所以愈來愈感到累，累於擺脫不了工作對生活的蠶食；累於眼睜睜的看著這個自己，就這麼單純的、折磨的活著，死去。

自己珍貴的、難得的生命，一輩子都被一件沒有意義的事控制，到死前回首這一切，才發現自己都沒有真的為自己活過。

**每每想到這，我都會很累很累。**

**但，我又能如何？**

# ｜對不起，我一事無成｜

**有時候真的很想對自己説一句：對不起，我一事無成。**

不知大家有沒有試過和我一樣，在一個如常的下午，在人來人往的街上，走著走著，本來如常的內心，突然感到一陣沮喪。那是莫名而突如其來的。

我感到迷茫，我在問自己：「我在做甚麼？」

所謂的「**做甚麼**」，不是指我當刻正在進行甚麼事，而是自我來到這個世上，及至此時此刻，我做過了甚麼？我又做成了甚麼？

我質問自己，卻惘然無以為答。

二十有六，我不是在喊老，而是在回首。常言道年輕的時間總是寶貴的，此話無錯，貴在年輕，貴在時間。年輕二字給予我們嘗試與失敗的勇氣，「**人愈大**」是近年常常想到的問題，我知道很多人會説「**你還年輕，別想麼多**」。但我想説的是，這不是年紀的問題，而是面對已逝的時間，自己卻好像無所作為的那種心慌，同時又在已知的預視中，看不到一個和現在有甚麼不同的未來，彷彿自己之後也只能這樣。

魯迅曾説過：「**生命是以時間為單位的，浪費別人的時間，等於謀**

財害命；浪費自己的時間，則等於慢性自殺。」回首過去，自己有哪一件事是做成了的？又或者這樣說吧，畢業以後，有哪一件事是做成了的？我所做的工作，是自己喜歡的嗎？我在工作上的嘴臉，是我真心的嗎？我所過的生活，我真的滿意的嗎？我想要的生活，我有能力得到嗎？

我知道這樣想有點偏激、消極，但請原諒我，我只是一個普通人。有時候在面對這個世界，我真的很難那麼正面，因為這是真實的感受，在某個夜闌人靜的深夜，我真的控制不住自己的情緒，一想到很多不可逆的問題，我就無力抵抗。

曾經的我以為自己是不一樣、與眾不的，又不知哪來的自信，我以為自己小時候所想得到的生活，長大後自然就會擁有。但後來漸漸發現其實自己比普通人還要普通，有著其他普通人所沒有的缺點。

人愈大，愈對過往的自己愈感到慚愧。還記得那時的夢想嗎？還記得那時無憂的笑容嗎？還記得那些不用喝酒也能得到快樂的日子嗎？還記得那些憧憬長大後的現在，會有多美好的幻想嗎？

這些都哪去了？沒有了，都沒有了。

還記得所愛之人對自己的山盟海誓嗎？還在嗎？還記得以前憧憬的愛情嗎？破滅了嗎？還記得以為有「愛」就可以戰勝一切嗎？輸掉了嗎？還記得以前對金錢嗤之以鼻的自己嗎？屈服了嗎？還記得以前的理想嗎？放棄了嗎？

很多人說要努力、要堅持，但現在發現自己還活著，就已經是最大的堅持了。面對「社會」這座大山，我的身軀真的太過單薄，我不是孫悟空，我被壓在五指山下並不能捱過五百個寒冬。

我並不是小時候所幻想的那種人，我只是一個普通人，亦是你、我、他、她都差不多的那種人。對不起，我真的沒有辦法，以前我所幻想的事，我一件都完成不了，甚至，我成為了小時候並不想成為的那種人，這真的很沮喪。

**所以有時候看著這樣的自己，真的對那個靈魂深處、或許曾幻想過自己很好的那個自己，感到抱歉。我真的很想對那個他說一句：**

**對不起，我一事無成。**

# ｜我不明白｜

**人愈大，愈來愈活得不明白了。**

小時候，我只是不明白為甚麼要上學；不明白為甚麼不能擁有手機；不明白為甚麼要考試；不明白為甚麼零用錢那麼少，不明白為甚麼不能隨意的出街玩。

所以我想長大，我以為長大後就會明白。

但當我長大了，才發現不明白的東西，只有愈來愈多，愈來愈多……我唯一明白的，是蘇格拉底所說的：「**我所知道的是甚麼都不知道。**」

離開校園，彷彿投進一個無邊界的大海，我不知道游向哪兒，也不知道哪兒是前方，看著身邊擦身而過的魚兒，好像只有自己不清楚該去的方向，看著這片大海，我感到迷茫。

我不明白，為甚麼一定要游向那個未知的前方。

我不明白，但我只得繼續走。

我不明白，人為甚麼要這樣的活著。

這個所謂的文明，都是人類創造的，但我們卻不知道要怎麼在這個

地方活著，這裡的萬丈高樓、各行各業、金錢貨幣，也是我們創造的，但我們卻要追著這些東西，為其痛苦，為其勞碌一輩子。

我不明白，創造這一切的我們，會被自己創造的東西所奴役。

我不明白，萬物之靈的我們如此卑賤。

我不明白，人本生來自由，卻處處充滿枷鎖，周圍彷彿充滿無形的規則，好像由一出世起，我們就身不由己了，我們看似有很多選擇，但卻好像是某個規則所規限給我們的。

為甚麼我們一定要上學？為甚麼我們一定要學習知識？為甚麼我們要出來工作賺錢？為甚麼我們吃飯要付款？為甚麼我們要孝順父母？為甚麼這是對，為甚麼那是錯？這都是為甚麼？

我還是會跟著這些規則去做，但我仍舊不明白。

是為了體現我們是有文明的世界嗎？還是為了體現和那大草原的動物所不同？但為甚麼我會覺得社會上的爭鬥，比草原更血腥？為甚麼我覺得文明的人類，比其他動物更邪惡？為甚麼我覺得，所謂的文明，只看到比大自然更多醜陋的事？

我不明白。

我不明白為甚麼世間這麼多痛苦，我更不明白為甚麼要一直堅強下去，我不明白為甚麼仍要活著。我不明白，但好像只可以這樣，也許因

為沒有勇氣死亡，唯有堅強活著。但為甚麼會沒有勇氣？

是因為有羈絆嗎？還是因為怕自己在乎的人會傷心嗎？

好像是的，所以我又不明白了，為甚麼人要有感情？

為甚麼相愛的人卻要分開？為甚麼我們總會愛上不愛自己的人？為甚麼人會移情別戀？為甚麼愛既堅強卻又脆弱？我不明白。我不明白為甚麼人要有感情。有時我會覺得，人要是沒有感情，多好。

我不明白，在短暫的人生中，為甚麼還要經歷生離死別，還要感受秋天的肅殺還有冬天的寒冷，我不明白為甚麼人活著會這麼難以開心，我不明白人會有這麼多煩惱。

生命是一發射向死亡的子彈，我們無可避免，但我不明白為甚麼我們會變老，甚至死亡。我更不明白強壯的身體會變得虛弱，亦不明白為甚麼我的雙手，活不過瘦弱的文字。

在死亡的陰霾下，我不明白自己在社會上所做的一切，到底有何意義⋯⋯

在這個世界中，我甚麼都不明白，我充滿了痛苦與迷茫。如果命運是大海，我就是一條魚，我不明白自己為甚麼要依水而活，我不明白為甚麼脫離海水時會感到窒息，我更不明白，為甚麼我是魚，我也不明白，為甚麼我要經歷這一切。

看著茫茫大海⋯⋯

一切的一切，我都愈來愈不明白了⋯⋯

我活在一個不明不白的世界中，但我也只能繼續這樣不明不明的「活著」。

# | 這個世界是不公平的 |

**人愈大愈發覺，這個世界是不公平的。**

這不是在抱怨，也不是頹廢，這不過是描述一個客觀的現實，並對此表達當中的無奈。

小時候，老師常常告訴學生「這個世界是公平的」，所以你身邊的同學，無論大家的背景如何，是貧還是富，但最終都在同一所學校、同一個課室，擁有同一樣的教育機會，學習同一樣的知識。這意味著，由於大家都一樣，所以就要靠大家的努力、奮鬥，從而擁有不同的人生。

老師說得振振有辭，學生聽得津津有味。

但人愈大就會發現，這不過是一個作為老師這個職業，說出「**應該說的話**」而已，搞不好那老師自己也不是這麼想的，搞不好那老師課餘時滑 IG，看到當年富有的同桌到處在旅行，過著悠閑的生活，反觀自己卻要改簿出卷，為著觀課和寫教案而煩惱，可能也不禁暗罵幾聲：「有錢真好」。

「這個世界是公平的。」

這句話也就只能對小孩子說說而已。就像老師叫學生不要說粗口一樣，一點兒說服力都沒有。

因為這個世界是不公平的，而且體現在很多地方。

我們不説錢，就説説大家最喜歡聊的「感情」。

我有一位朋友，他家境不錯、長得好看、高高大大的。認識他的這些年以來，圍在他身邊的女性自然不絕於耳，每次去一些酒局、派對，總會有女生主動找他搭訕。有時他也會自豪的告訴我，他和那些女生怎麼亂搞、上牀等等，而血氣方剛的我，往往聽得十分入神。

一天，我有點感嘆的告訴他，其實我挺羨慕他的。因為作為男生，説不羨慕也是騙人的，誰不想這麼受歡迎，誰不享受「**不費吹灰之力**」就有女生主動過來。

這時，他對我説：「但你很有才華啊。」

不知為何，聽到這一句的時候，我突然感到一陣無奈。

是的，真的很無奈。

就我而言，先不説才華這東西本來並不是用於溝女，因為這只是個興趣，也不説自己是否真的有才華，就算真的有，那又怎樣？

我只是突然覺得，有點諷刺。

「你很有才華啊。」

就像女生對你説「**你是一個好人**」一樣。

人們常說上天關了你一扇門，但也會為你開一扇窗，只可惜這個世界不公平的地方在於，人們大多都只會從門口進來。又或者，看到你沒有門就走了，根本沒時間理會你有沒有窗，你的窗有多大多明亮。

我知道這想法很頹廢，但這個世界是真的不公平的，這不是在抱怨，也不是頹廢，這不過是描述一個客觀的現實，並對此表達當中的無奈。

小時候的老師說得沒錯，我們要努力，但不是因為大家都是公平才要努力，而是因為不公平，我們才需要努力。我並不否定努力的存在，我覺得人還是需要努力生存、努力奮鬥的，但這個世界最令人噁心的地方是，有時即使你努力，最後也只是徒勞；這個世界不公平在於，一百元再怎麼努力，也比不上一千元來得吸引。

是的，這個世界是不公平的，雖然有時候回首看來，發現自己除了努力外，甚麼也沒有，但我們也只能繼續努力，拼了命的努力，因為如果連努力也不做，自己就更一文不值。

沒有辦法，因為我本來就沒有門，所以我只能拼了命地、拼了命地、拼了命地去令自己有才華，我只能用最大的，最大的，最大的力氣，去打開那扇窗。

因為我知道，如果自己沒有才華，我甚麼都不是。我更明白到在感情上，我們這些人或許要花很大、很大、很大的力氣，才有可能擁有一個別人輕而易舉就能得到的對象。

這個世界是不公平的。

這不是在抱怨，這也不是頹廢。

這不過是描述一個客觀的現實，並對此表達當中的無奈。

# | 做自己 |

　　**小時候，我們經常說：「長大後不想成為現在討厭的那些人。」長大後，我們又常說：「不要理會別人那麼多，做自己就可以了。」**

　　「做自己」，好像是我們由小到大的一個追求，好像如果真的能夠「做自己」，那就是一件了不得的事，而且這句說話聽上去好像很正面，很積極似的。

　　但問題是，甚麼才是自己是呢？

　　每個人會隨年月而長大，長大一定會有所改變，這個改變無論是變好了，或是變壞了，那都是不同的。那麼到底哪一個階段才是自己？當然，很多人都會說這兩個都是自己，而所謂的「做回自己」，不過是不忘初心，不要為了別人而改變自己，不用委屈自己，也不用太誇張的去迎合別人，做回那個和當下內心所想的自己就可以了。

　　但不正因這世界很難「做自己」，所以我們才想要「做自己」嗎？這聽上去很荒謬，畢竟我們就是自己，怎麼可能做不到自己？又或者有人說，只要有足夠堅持，要做自己根本不難。但生在世上，我們被很多無形的法則所影響，而這些法則會隨成長而變得愈來愈強。

　　比如我們要工作，很多人都不覺得這有甚麼問題，畢竟有付出才有收穫，這思想我們覺得是必然的，所以透過工作換取生活所需也是必然

的，不然哪裡來的錢，不然怎樣才能讓父母及妻兒三餐溫飽，或是滿足自己一些興趣。

這個世界都要錢才能生存，所以我們要工作，我也覺得沒有問題。但如果放在「做自己」的角度而言，我們想工作嗎？

不知道你們的答案是甚麼，起碼我的「自己」是否定的。

如果你問我甚麼才是做自己的話？我會說，我根本就不想工作，因為如果做自己，我根本不想每天一大早被鬧鐘吵醒，混混噩噩的去上班，對著一班不想見到的人，做著一些不想面對的工作，然後插科打諢的過每一天，等放飯、等下班、等待星期五的到來，日復日年復年。不，這根本就不是我自己想要的。

如果要我做自己，我根本不想工作，直接要錢就可以了。我想用上班的那些時間，睡個自然醒，然後吃個午餐，思考一下想去哪兒，如果沒甚麼地方想去，就和朋友見見面，看套電影，或是四處拍照。再思考一下想去哪個國家旅行，體驗這個世界的一切。

我們一生大部分時間都活在過程之中，我們在追求或維持一些目標或理想，然而這些才是我們的「自己」所想要的，而不是中間的過程。但我們沒有法力，不能直達彼岸，所以只有通過各種過程，以求達到內心所想要的。

其實這是有違我們內心的「自己」，只不過每個人都是這樣，我們

就覺得這是「正常的」，所以慢慢潛移默化，我們也約定俗成了，覺得這就是「自己」。但於我而言，這是無可奈何的妥協。

除了一些實質的事外，一些「特質」我也不會想要的，比如我並不想努力，也不想堅強，我不懂得為何這個世界都要人承受痛苦，能夠不痛苦的，有誰會想要痛苦。只是這個世界會不停發生一些令你感到痛苦的事，你會過得不如意，但你要活著，所以才要堅強。

這真的很諷刺，我們就是自己，但我們卻做不了自己。這一切好像自我們學會「懂事」起，就做不回自己了，甚至隨著成長，愈來愈做不了，那只是一個妥協、同化、委曲求全的自己。

**當然，那也是自己。**

**其實我們都很難做到自己，因為那個自己要麼這個世界容不下，要麼想離開這個扭曲的世界。**

# | 活著就是噁心 |

「如果放棄直力行走就可以不做人，那麼我很願意在地上爬行，當人是種非常噁心的事。」──《活著就是噁心》

數年前看了這本書，內容不太記得了，反而書名和這句話的印象極其深刻。

這感覺愈來愈強烈。

生活很噁心。我們每天好像了做很多事情，起牀、吃早餐、上班、上課、約朋友吃飯，但有沒有想過，這都是我們身不由己的，我們都是被逼著、被妥協著去過這樣日復一日的生活。

每天所做的事，有多少件是自己真的願意的？

我們好像選擇了很多路，以為自己擁有自由意志，決定了自己的人生，但四周有很多無形的牆，很多約定俗成的規則，告訴我們應該做甚麼，應該成為一個甚麼樣的人，甚麼時候要做甚麼的事情，我們不能這樣不能那樣。

其實我們只有一條路可以走。

這不噁心嗎？

愛情很噁心。我們每次都以為遇上了對的人，一次又一次的相信了

愛情，一次又一次的相信自己的眼睛，卻又一次又一次地遍體鱗傷。

我們會想，自己明明甚麼都沒有做錯，為甚麼會落得如此下場。為甚麼明明身體是自己的，卻控制不到。明明知道不應該，明明知道自己會痛苦，明明知道沒有結果，但自己還是犯賤的貼臉過去。

這該怪誰？有時候我也不知道責任在對方，還是在自己。愛情的世界中，讓我知道自己原來也有我瞧不起的一面，原來自己可以這麼沒有底線。

到底愛是甚麼？愛是否存在？到底是世界告訴我們愛是存在的，還是只是我們相信愛是真的存在？如果愛是真實的，為甚麼要追求一樣令自己那麼痛苦之事？如果愛是虛無的？為甚麼我們還要去追求？

我們就像一條魚，以為有水的地方就是大海，但其實我們只是一直在池中兜轉。

這不噁心嗎？

人類很噁心。社會是人類創造的，我們好像變得文明了，但我怎麼覺得，愈文明卻愈醜陋。

我們有了高樓大廈，卻不知要多少個輪迴才可以擁有它；

我們創造了金錢，但卻要一輩子奴役於自己創造的東西；

我們穿上亮麗的衣服，卻不珍惜自己的身體。

我們不再血淋淋，但卻充滿虛偽與欺騙。

我們是萬物之靈，但卻沒有了人性。

權力比生存更重要，那是人類最好的春藥。荒謬的事情每天發生，以前擁有權力的，頂多是分配多點牲畜，現在擁有權力的，是決定將誰變成牲畜。有時我會想，食物鏈中，沒有人類或許是最好的。

這不噁心嗎？

世界很噁心。我不知道為甚麼人的一生會如此短暫，有時望著遙遠的星空，我會想，到底這個世界或者宇宙，到底有多大？

而我，又有多渺小。

我覺得自己白活了一場。

世界這麼大，我窮一生所去過、見過的地方，也許只是方寸之地。

我時常聽到哪個哪個星球有幾千萬個地球那麼大，又或者幾千萬光年遠，我就很想去看看，想知道除了地球以外的地方，到底是長甚麼樣的？哪怕只是一眼。但我知道這是不可能的。

有時候我看向星空，我都會感到一陣憂傷，面對略大的宇宙，我覺得現在所做的一切都沒有意義，只是在浪費生命，我只是單純的做一個過客，連認真看一看這個世界都沒有。

然後，就這樣完結自己的一生。

這不噁心嗎？

生命很噁心。渺小並不要緊，有時間就可以了，但為甚麼人要死亡？就算人要死亡，為甚麼這麼快就死？為甚麼一個人的壽命不可以是千萬年？就算生命短暫？為甚麼要衰老？為甚麼身體會老化、為甚麼會行動不便？為甚麼會生病？

這都是為甚麼？

生來世上才數十年，上學、上班、賺錢、生病、老化，我還剩多少時間？在我死亡的時候，到底還有多少個地方是沒有去過的？有多少電影我沒有看過？有多少好吃的東西沒有吃上？有多少歌曲我還未聽過？

活著，就是噁心。

噁心在於，所謂萬物之靈的我們，是世界最卑賤的存在。甚麼萬物之靈，在我看來不過是諷刺，我們甚麼都控制不了，只有眼睜睜的感受這份噁心，活著、死去。

我們，連點綴這個世界的資格都沒有。

但這又能怎樣，我的確抵抗不住這個事實，但所謂沒有勇氣死亡，唯有努力活著。我時常對自己說，盡力去過好每一刻吧。

**但……為甚麼我覺得這樣更噁心了？**

# | 普通的生活 |

**有時不得不承認，自己只是個普通人。**

人們常說知識改變命運，所以中小學時，一直視大學為崇高的目標，以為入到了大學，人生就會很不一樣。

到真的入讀大學，就會發現其實也沒有甚麼不一樣。成績不是太好，也不是太差。曾經很在乎成績的自己，慢慢地好像對成績沒甚麼所謂了。讀的科目也好像不是真的那麼喜歡了。甚至有點分不清楚，是自己真的喜歡，還是因為純粹想成為大學生，所以令自己覺得好像真的喜歡這個科目。

就這樣迷迷糊糊的過了四年，準備畢業了，要找工作了。這個時候就開始迷茫，因為你根本不知道怎麼辦。以為讀了大學，人生的路也就明確了，但這才發現，人生的路只有愈來愈看不清。

不知道做甚麼工作好，是那時候的煩惱。打開求職網頁，發現大學生這個身份只是條件之一，甚至不是。原來大學生只是一個普通的身份，頂多也只是一張入場票，並沒有甚麼與別不同。

通過幾個月的面試，應徵過的公司也數不清了，一開始還很慎重的選，但時間長了後，就變成漁翁撒網，因為怕沒有人請，而且時間是會磨滅一個人的意志。

穿著不太稱身的正裝，掛上平時沒有過的微笑，說著自己也不認識的說話，應徵著一些和自己大學專業無關的工作。終於開始明白，為甚麼大家老是說「社會會磨平一個人的稜角」。

還沒正式工作，明明沒有做過甚麼，就覺得很累了。意志變得消沉，從前總覺得自己可以有很多時間、機會去選擇做甚麼工作、拿甚麼薪水。現在覺得「算了吧，有份工作做就挺好的了。」最後，找到一份和自己大學讀的專業不太相關，人工不太高，也不太低的工作。

也無所謂了。

就這樣，算是踏入社會了。

## //

每天定時的起來，睡眼惺鬆地和其他人擠車。回到公司發一會兒呆，又開始做那些沒有意義的工作。從前讀書的時候老想大家注意到我了，現在最好不要，不要理我在做甚麼，開會不要叫我發言。就讓我靜靜的，麻木的做那些無關痛癢的事，然後下班。

現在每天的生活就是：上班等午飯時間，吃完午飯就等下班。上班等下班，星期一等星期五，月頭等月尾。來到年尾的時候，才發現不知不覺又一年。

那時反問：「自己做了甚麼？」、「得到了甚麼？」好像除了錢以外，甚麼也沒有。不過看看自己的戶口，再看看出面的高樓，其實那點

錢也不叫錢，而且自己也真的沒有儲到很多錢。甚麼錢不錢的，那只不過是給自己一點上班的意義罷了。

算了，能活著就不錯了。

踏入社會才不到數年，就已不想再過這樣輪迴般的生活。然後開始想轉工作，但要轉甚麼？不知道。

這才發現，曾經以為很明確知道想要甚麼的自己，現在只知道不想做甚麼，卻不知道想做甚麼，所有的想法最後只剩一個想字。

//

其實我並不老，甚至是年輕。但我卻受夠了這樣的生活，這和我以前想像的生活相差太多了。

我從沒想過自己是這樣的人。說來好笑，我總覺得自己能夠有獨立意志，就像是電影中的主角，鎂光燈都照在我身上，我怎麼可能會過得平凡？曾經以為自己會有著不平凡的人生，到頭來自己比平凡人更平凡，甚至不如。

不知道大家是否和我一樣，很不喜歡這樣的生活，但這又如何？自己沒甚麼特別厲害的才能，也沒有特別聰明的頭腦，或者曾經有過引以為傲的才能，但也早放棄了，因為對比起那些天分更高的人，自己頂多只可以叫做興趣。

曾經的夢想嗎？當然沒有忘記，但卻不會再提了，提來也沒有意思，畢竟現在連生存也花光了所有力氣，堅持得最久的，也許就是活著吧。

　　我並不厲害，只是一個普通人。甚麼是普通人？那就像構成這個世界的一部分，也不是零件，畢竟零件也有其用處。我就像是沙漠上的一粒沙子，多了不多，少了也不少。

　　**我所做的一切都沒有意義，但我還是要做，因為我要生存。**

　　**可是我的全部努力，只完成了一個普通的生活。**

# ｜不知道從甚麼時候起｜

**所有變化都有一個過程，只不過我們意識到時，改變已發生。所以大部分人發現自己變了的時候，都是不知從甚麼時候起的。**

但就算察覺了，也回不去了，因為那已成了習慣。

有時我會想，到底這個世界唯一不變的，是否就是變？

//

晚上七時多。

結束了學校漫長的會議後，我拖著疲倦的身體，一邊思考回家後需要備哪些課、有哪些細節要改善，一邊已然來到樓下。

還未到大廈門口，身體卻被猛的撞了一下，把我的思緒也撞散。

定睛一看，一群用螢光圈裝飾了全身的小孩往我身後跑去，伴隨著的，還有歡快的笑聲。

小孩們的媽媽跑上來連忙對我說對不起，然後又試圖呼喝小孩們回來向我道歉。

我揮揮手，笑了笑說：「不要緊。」

媽媽們點點頭向我表示歉意，臨走前還對我說：「中秋節快樂。」

是喔，今夜是中秋節。

看著小孩們遠去的背影，剎那間我有點恍神。雖然我不認識他們，但卻感到很熟悉。

抬頭一看，月亮很圓，和過去二十六年一樣。

//

想起來，以前我喜歡中秋節的程度比聖誕節更甚。

每逢中秋節，左鄰右里的小孩都會不約如同地盡早吃完晚飯，然後到屋邨後的小山坡玩。無論認識與否，都會自然地走在一起玩燈籠、扔螢光棒上樹做許願樹（不建議）、看別人煲蠟（會煲到爆炸）。而父母也會在這天特赦我，讓我玩到凌晨才回家，所以每年我都特別期待。

但不知道從甚麼時候起，我失去了這份期待。

我不再期待中秋節，也不再對這個節日有任何感覺。

於我而言，中秋節只是代表我可以放假，睡個自然醒。如果硬要說有甚麼感覺的話，那就視乎是否有連假，有連假就有感覺。沒有連假就像雞肋，食之無味，而且一想到明天還要上班，根本沒有心情出去玩，在家休息一下吧。

如果放假，就看看朋友有沒有空吧。但就算約了出來，聊天來來去去也是那幾個話題：工作、移民、股票、投資。悶死了。

以前的節日都不一樣，現在的節日都一樣了。

但不知道從甚麼時候起，不單是中秋節，自己對其他節日也一樣，沒有感覺。

我也不知道為甚麼。

//

還有很多事情，我都不知道從甚麼時候起改變了。

比如我變得世故、圓滑。我知道說甚麼話可以使人開懷大笑，也知道甚麼反應使人舒服。

我不是說自己變成一個虛假的人。但有時所謂的「禮貌」，並不是發自內心的。

例如我的笑容不代表開心；我的「早晨」不是真的在問候；我的「沒問題」是因為我沒有選擇；我的「明天見」其實我並不想見。

不知道從甚麼時候起，我好像很自然地就成為了這樣的人。有時我會想，我是否成為了以前最不想成為的人？

還是說，只是我太無用，還是以前的我太天真？

//

我和家人愈來愈少說話。

家人總說我不和他們說話，回家吃完飯後就立即回房。其實我不是沒有話對他們說，而是沒甚麼好說的。

畢竟他們不會明白我所遇的困難，更不要說解決。而且上一輩和下一輩好像永遠隔著一條叫作「不理解」的鴻溝。有時對於我的困難，他們只會說：

「後生仔捱多啲苦。」

「呢啲好小事。」

「唔好郁啲就叫辛苦。」

久而久之，有時話到口邊，內心也會有一句「算了吧」，把原本想說的話打斷。慢慢地，我和父母之間的對話也只剩：「今晚不回來吃飯」、「不用留飯」。

不知道從甚麼時候起，所謂的家，更像一間宿舍。

//

想來還有很多，都是不知道從甚麼時候起改變的。

比如我害怕去人多熱鬧的地方，看著那些笑面、聽著那些歡聲，我會感到一層隔膜，覺得那些氣氛與我無關，然後會倍感寂寞，所以我愈來愈喜歡自己一個人。

我亦變得愈來愈執著，總跟自己過不去，無時無刻都在想自己還有多少問題要面對：工作、前途、金錢、結婚、儲錢……

每當自己想休息時，就會責備自己，覺得自己沒有資格休息，認為我就是這麼懶惰才解決不了問題。

我好像缺少了一個零件，怎樣也重啟不了。

慢慢地我連開心的資格也剝奪。

//

我總覺得，我已不是我了。

也許因為人會長大，所以會變，人總不能這麼幼稚。

但為甚麼長大後就要不像自己呢？為甚麼長大後就要覺得以前所做的、喜歡的，就是幼稚呢？

我只知道長大後愈來愈難開心，而以往的「**幼稚**」卻很快樂。

難道長大就是要脫離開心嗎？

## //

　　我總覺得很多東西，都在不知道從甚麼時候起，就慢慢地不是它本身了，即使表面上街還是那條街，人還是那些人，節日還是那些節日，但香港還是那個香港嗎？

　　那麼我，還是我嗎？

　　所有變化都有一個過程，只不過我們意識到時，改變已發生。所以大部分人發現自己變了的時候，都是不知從甚麼時候起的。

　　但就算察覺了，也回不去了，因為那已成了習慣。

　　有時我會想，到底這個世界唯一不變的，是否就是變？

　　我看向窗外，月亮很圓，和過去二十六年一樣。

　　**但……真的嗎？**

# ｜更與何人說｜

**我們有各種各類的煩惱，但隨著歲月流逝，卻不知道這些煩惱和甚麼人説。**

小時候，我的煩惱很簡單，不是學業就是父母的管束。所以當時我都想快點長大，因為我覺得長大了就不需要面對這些問題，也就再沒有煩惱。

長大後，發現自己只是長高了、活在這個世界的時間長了而已，然而生活甚麼都沒有改變。沒錯，以前的煩惱不用再面對了，但卻有更多新的煩惱，甚至愈來愈多，而且不再是以前那麼簡單。

所以有時候也蠻想念小時候的時光。

但我知道一切都回不去了。

到底煩惱是甚麼？為甚麼會有煩惱？這是我一直思考的問題。但我一開始了思考，我就又煩惱了，因為我解決不了。但我不去思考，我還是煩惱，因為它一直都在。

你説，這是不是犯賤？

//

長大後，看到了更多爾虞我詐，經歷過更多起起伏伏。要在這個世界生存，就要遵從那不知何時出現的遊戲規則去生活。無論我們變得圓滑，又或是變得世故，變得更好或變得更壞，但無可否認地，我們都變得複雜。

不信的話，回想一下 10 多 20 歲時的自己。

那個笑容，還可以重現嗎？

上一次這麼笑的時候，是甚麼時候？

我們變得複雜了，煩惱也一樣。有時複雜到不想說出口，就算是家人也不想說。因為我們會覺得父母是不明白的，他們過時了，和我們有代溝，他們不會了解我們的難處。就算說了出來又有何用？又或者即使說了出來，年邁的他們又能幫到甚麼？算了吧，說出來只會徒添他們的擔憂，更別說他們有時會輕蔑我們的難處，再添一腳。

慢慢地，「家」這個東西，由曾經的避風港，變得像一間民宿，就回來睡睡而已。

甚至慢慢地，會連朋友也不想說了。

畢竟人大了，有些煩惱的確不是那麼容易開口的，比如感情上的煩惱，有時的真不太想讓朋友知道。即使他們陪了自己，開解了自己，但到自己第二次、第三次、第四次，重重複複相同問題時，真的不知道怎麼再開口了。

其實不要說對方，就算是自己也覺得煩，說來說去都是那些。

朋友有自己的生活，他們也有自己煩惱。在這個城市生活，大家都不容易，在繁忙的生活中抽時間陪如此麻煩的自己，真不是奉旨要這麼做的，能夠陪伴一兩次已經很有心了。我不想打搞別人，想到每次都要讓他們重複聆聽同樣之事，自己也覺得羞恥，也怕他們感到失望。

慢慢地，自己不再和朋友交代了，或許不再提起，或許假裝沒有事。慢慢地，從前不喝酒的你喝得比別人更多，從前不出街的你天天都有局。生活變得多姿多彩了，笑得比之前更開心。但只有自己才知道，一切都沒有變好，甚至更糟，更寂寞。

煩惱是虛無飄渺的，它很複雜，甚至自己也理不清其根源。就算知道根源，很多時都不能立即解決，甚至自己無力解決。

我們好像窮一生都擺脫不了煩惱的陰影，煩惱就像一株野草，即使在多麼堅固的土地，即使在養分多麼不足，它總是蠢蠢欲動，抓緊一個機會破土而出。

面對輪迴般的煩惱，我們變得沉默，不是不想說，而是說出來好像沒有意義。有時候被朋友問到最近怎麼了的時候，話到口邊，最後只剩一句：**沒事**。

我們常稱讚一個人成熟，是因為他可以自己捍下所有問題。但有沒有想過，這也許是被逼出來的。

煩惱無人可説，或許只有死物吧，它不會介意這樣的一個自己，又能令我們抽離這個世界。所以有些人會煲劇，有些人會買衣服，有些人會吃好東西，有些人會喝酒，有些人會抽大麻……

　　有些人會看文章……有些人會寫文章……

**　　原來人長大了，大家都一樣，縱有千愁萬緒，更與何人説。**

# | 不再浪費時間在一些人及事上 |

**成長到底是甚麼，這個問題很難具體回答。**

但我相信人會隨時間改變，比如以前會覺得 15 歲與 16 歲沒太大分別，但長大後卻覺得 25 歲與 26 歲已是截然不同。

時間像一程長途車，剛上車時會覺得路程還有很長，但眨眼間卻又去了大半，而在這眨眼的功夫，我們又已不知不覺的變了。因為時間在告訴你青春及生命還剩多少，能夠浪費的機會已是不多。

於我而言，既然成長意味著時間愈來愈少，那麼就不應再浪費時間在一些無謂的人及事情上。

//

就以吃飯為例，我以前很喜歡和不同人應酬，無論是新朋友、舊朋友，甚至是未見過的人，只要他們約我，基本上我必定到場。

現在，我會選擇。

我不單選擇，還會分類：吃午飯的、吃晚飯的。

吃午飯的，除了真的不方便外，否則如果我提出「不如吃午飯？」，那證明對方在我心目中還未到十分重要的位置。

那些人往往是我不太熟悉的，只是覺得一見無妨，或念在舊情。甚至覺得對方有利於自己所以才見面。因為吃完午飯後，頂多過一會兒大家就散了，不用對那麼久。

而話題往往亦比較皮毛，通常是交代一下近況，或是客套數句。

簡單而言，我的「吃午飯」是較商業的。當然，也有些人會從「吃午飯」的朋友，轉為「吃晚飯」的朋友。

所以我很重視「吃晚飯」。因為「吃晚飯」的重點不是那頓飯，而是吃完晚飯後的那段時間，可能在海旁或某個寧靜的一隅，我們買幾罐啤酒，坐著吹幾縷夜風，然後開始聊天。

甚至有時不用說話，就兩個人坐在一起就很舒服。我和最好的朋友就是這樣，和他吃晚飯，我會覺得是在繁瑣的生活中喘一口氣。

吃晚飯是放鬆的，所以應該要和能讓你舒服的人吃。畢竟下班後都身心俱疲了，如果一天最後那幾小時也要和一個不熟悉的人吃晚飯，在那裡客套應酬，那麼這一天也過得太糟糕了，我寧願回家打機發呆，也不想浪費時間在這些人身上。

加上人在深夜總是脆弱、多愁善感的，所以我更會慎選和我吃晚飯的人。有養過貓的人都會知道，牠們不會隨意把肚皮露出來，因為那是牠們最脆弱的地方，牠露給你看，說明你是牠信得過的人。

但我願意被你看見這樣的自己，也願意在這個情緒下和你說話，把

自己最真實的一面赤裸的給你看，因為我相信你。

## //

長大後回想，學習是最容易的事，考試是最簡單的難題。因為我們要面對的不再是功課有幾多，而是戶口還剩多少錢，外面樓價有幾高；我們不再是害怕被父母罵考得低分，而是怕沒有能力讓他們安心養老，令他們還要擔心。

這使人窒息，但也沒有辦法，因為我們總會面對的，所以我更不想浪費時間在一些人或事上，特別是一些對我有誤解或惡意的人。

剛出來工作時，我突然被同事 A 針對。每次只要我靠近她，她都會退後幾步，甚至一看到我就黑面，也從來不會對我說話，情況足足持續了三年。後來公司調位，同事 A 坐到我前面。有時我不小心弄跌了東西到枱上發出聲響，她就會立即用腳踢向我那邊。

同事 B 說，同事 A 覺得我是故意發出聲響騷擾她，而她一開始討厭我是因為覺得我工作效率慢，雖然影響不到她，但看不過眼。

簡單而言，痴撚線。

聽過的朋友都不停叫我說怎樣怎樣反擊，不能讓她好過，但我始終也沒有甚麼行動。因為我很清楚自己想要甚麼。

我知道自己不會在這間公司一直做下去，亦很大機會轉行，不會再

與這些人有交接。同時，當時我亦在攻讀碩士，平時也要寫文章。這間公司的人和事，在我的生活中只佔了很小一部分，在我生涯規劃中甚至連過客都不如。

就算是寫文的這段時間，也遇過不少對我惡意批評的人，以前我會耿耿於懷一整天，甚至會出言反駁，但那些人根本不會就範，更可能看到我的反應而更痛快。無論是時間或精神，最後吃虧的還是自己。

一個人對你說的話或行為，只有真與假。如果是真的，那自己就好好反思；如果是假的，那就不用理會。

朋友都說我變得愈來愈佛系，因為我的情緒開始對外物沒有太大波動。

無關是愛情或人際，如果對方做了對不起我的事，希望我給予機會。以前心軟的我一定會感動於他的回心轉意，再給他機會。

但現在，我不會憤怒的呵責他，也不會叫他滾，但卻會慢慢遠離這些人，不再為他有任何情緒和期待。因為我知道給予機會，除了可以讓他再次對我好，也可以再次傷害我。

算了吧，就把一切交給時間是最好的。

長大後，說我無情也好，自私也罷，我只是想好好保護自己，以及把機會留給一些真的會珍惜自己的人。

//

成長，大概就是看到的世界、經歷的事情多了。

然後你處事變得圓滑或奸詐，一些東西隨年月被磨平了；你被別人傷害過，也傷害過別人，痛苦的感受愈來愈難言，但又愈來愈刻骨銘心；父母愈來愈老，身上的責任也隨年齡而增加；有時看著外面的高樓，再想想自己的年紀，會感覺窒息。

時間無多，這四個字愈來愈強烈。

你開始思考自己往後的道路，你的人生又是為了甚麼。然而在很多個晚上，你還是會感到迷惘，因為你不知道怎麼解決，無力感好重。

唉，好煩。

不知道你們是不是這樣，反正我是的。因此現在我不想浪費任何時間、精力、情緒在一些無關痛癢的人及事上。

**因為我的生活，還有更重要的事值得我去做以及煩。**

# | 成長是死亡，生活是輪迴 |

五年前我仍是學生，但快將畢業的我對畢業有種莫名的、極大的恐懼。說白了，是對社會的恐懼。所以我寫下了以下的說話：

「彷彿預視到自己的思想慢慢被吞噬、靈魂慢慢被抽空、身體慢慢被壓垮，在自己的凝視下，自己終將死去，埋葬在那片混沌中，淹沒在云云眾生之中，分不出誰是你或我。

姑且說這是一種另類的死亡……他們將會向你招手，把你變成了他或她，讓你像他們一樣把叫做『我』的東西拋棄，要你習慣沒有自己的自己，要習慣過沒有『我』的生活，這裡，並不容納異類。」

//

投身社會已有三年多，只能說自己的預視並沒有錯，只不過當年沒有切身感受，一切只留於幻想與恐懼之中。

我知道「我」會消去，但卻不知怎麼消去，更不知道在消去的過程中，那種清晰而又無力的凝視，是多麼的痛苦。

當年我又怎會想到，我會在一個連經過也沒有的陌生地方，消耗那麼多時間。為甚麼？其實也沒甚麼，不過是要工作而已。有時我會想，如果這冰冷又有點髒的街道是一個人的話，它竟然就是這幾年陪伴得我

最多的人。

在生與死之間，被填滿的竟然是上班。

在最有精力、最有希望的年紀，花最多時間的竟然是上班。

這不諷刺而又可悲麼？

但這個想反抗的「我」，又能如何？

每天相同時間，走在相同的街道，消磨著相同的早晨與傍晚，坐在那一框子的地方發呆或是埋怨，聽著那些無關痛癢的會議，花了大半天打出無感情的文字，説著自己不熟悉但又通曉的報告。

日復日，年復年。

這個想反抗的「我」，又能如何？

以前我以為，大家畢業後將會不一樣，我們會各散東西，做著不同的工作、穿上不同的制服、領著不同的薪水。但現在看著身邊相同的人潮，掛著相同麻木的面容，往著各自相同的方向時。

我就知道，我們都一樣。

「我」會慢慢消失，變得和大家一樣，就像一般牲畜。即使生來是獨立個體，最終還是被統稱為豬、牛、雞、狗。我們下場都一樣，不過牠們是被人類殺死，而我們是被社會殺死。

噢不，有時我也覺得是被人類殺死，自相殘殺。

//

我所擁有的感受隨時間流逝變得愈來愈少，有時回望以前的自己也愈來愈朦朧了，我曾真正開心過，但任憑我怎麼努力回想，也想不起那是一種甚麼狀態，那裡就像披上一層薄霧，好像看到一點，但卻永遠觸不到。

一切也回不去了。

就連和朋友聊天的話題也回不去了，以前聊的是放假去哪兒玩，有甚麼餐廳好吃，偶爾也會説説考試壓力；現在聊的是怎麼還未轉工作，有哪一個股票好，有甚麼新的投資想法，偶爾也會説説對結婚的壓力。

也許這就是成長吧。

但為甚麼連開心也回不去了？自己好像對一切都麻木了。

終於下班，那又怎樣？

終於周末，那又怎樣？

明天紅日，那又怎樣？

文章很多人看，那又怎樣？

對啊，那又怎樣？

但我想怎樣？其實……自己也不知道。

我不知道自己想怎樣，我只知道自己不想怎樣。我不想走在那條不必要而又陌生的街道，我不想再吃那些沒有選擇下被逼選擇的午飯，我不想見那些並不交心的陌生人，我不想對他們比家人那麼有禮貌。

但我又能怎樣？我好累啊。

//

「這時候，你最好不要想太多，就像豬一樣，瞎混混的糊裡糊塗的就死去了，唯一要求是最後那刀不要太鈍，這是最好的，但求不要死著死著又死不去，感受著那個痛。」

五年前我就知道自己會「死」了。

成長是慢性毒藥，我們會在成長中慢慢死去，這一天會比我們真正的死亡還要來得早。只不過那是另類的死亡，投身社會後我才知道，原來要讓一個人死亡，不用讓他失去呼吸，只需讓他失去一切感覺與希望就可以了。

社會，就是這麼一個地方。

有時我又會想，社會是人類創造的，但裡面的一切卻在反人類，甚至是折磨人類。

或許在有文明之前，人類的生活並不是這樣，成長就是長大，生活就是生存。

　　但現在……

　　**成長就是死亡，生活就是輪迴。**

　　**社會就是地獄，人類就是惡魔。**

成長是慢性毒藥，

我們會在成長中慢慢死去，

這一天會比我們真正的死亡

還要來得早。

投身社會後我才知道，

原來要讓一個人死亡，

不用讓他失去呼吸，

只需讓他失去一切感覺

與希望就可以了。

# 第二回

# 動情者

有一部分選擇單身的人，

只是為了想愛多點自己，

因為又有誰看過，

曾經，他們動情的時候，

像狗一樣。

曾經的愛情有多美好，

失去時就會有多痛苦。

我應該慶幸，

在時間中還會這麼痛，

因為那代表我有多麼愛你。

# | 卑微 |

**感情就像一個天秤，一人一邊。有時候兩邊會對等，有時候其中一邊會傾斜多一點，其實都沒問題，只要大家平衡到就可以了。**

**但如果只有一邊傾斜到底的話，秤上的東西就會散落一地。**

**而那東西，好像是愛。**

//

朋友跟我說，他曾經是一個浪子。

沒錯，是曾經。

直到有一天，他無法控制地、不停地，每隔一小段時間就查看手機。而為的只是等某個女生回他訊息，由那時起，一切都只是曾經。

那個女生自然沒有回他訊息，有時兩個訊息之間可以隔了數個小時，甚至是大半天。我自然看不過眼，每次向他問起那女生怎麼了，朋友都只會笑著跟我說：「她在忙，她在忙。」

忙甚麼可以忙一整天都不回訊息？而且不是一次半次，是經常這樣。其實大家都是成年人，可以有多「忙」，大家是心裡有數的。去廁所、吃飯、上下班途中、睡前、洗澡等等，一切都是時間，如果有心回

訊息的話，不可能一個都沒有。

我反問：「你知道那女生吃飯了嗎？她下班了嗎？她回到家了嗎？真的回一個訊息的時間都沒有嗎？」

沉默，就仿似他這刻的手機。

朋友望向前方，但我知道他沒有看著前方。

之後，彷彿是說給他自己聽的：「不，她在忙。」

這個肯定是多麼的脆弱。

那一刻我沒有再說甚麼。因為我看到他眼中閃過一絲落寞與苦澀。其實再說下去又有甚麼意義？難道我朋友又真的不知道真相嗎？有時候在知道真相的情況下，其實揭穿與否，也沒有分別了，不是嗎？

我也有過類似的經歷，只不過那女生有回覆我。但其實不重要的。她只會在一小時、兩小時、五個小時後，才會回覆：「回到家了」、「剛剛洗澡」、「剛剛在忙」。

其實有沒有回覆已經沒有分別，也不重要了。

當一個人對你那麼冷漠，連數秒都分不到給你時，也就甚麼都不重要了。

//

我看著朋友，他的手還拿著手機。我知道，他是不想錯過每一下震動，錯過每一下有機會是她回覆訊息的震動。

他又說：「沒事，我控制到自己的。」

我當然知道這是假話，他只要一看到那女生的訊息，無論回的是甚麼，或許根本只是「嗯嗯」、「哈哈哈」、「對的」。就足以令他欣喜若狂，忘卻剛才等待的煎熬，熱烈地回應，用熱臉去貼冷屁股。

在我看來，這是在吸毒。

到底是甚麼，讓一個活生生的大男人，變得如此敏感、脆弱、卑微？是愛？還是佔有慾？

我不知道。

不過那一刻，我沒有再說甚麼。因為沒有甚麼可說的；因為我也試過。我總覺得，一個牛高馬大的男人要這麼卑微地催眠自己；去相信一個微乎其微的可能；去等待一個沒有意義的回覆；去「滿懷欣喜」的回覆一句「嗯嗯」，其實很可悲。

**張愛玲**在寫給**胡蘭成**的情書裡，曾經說過這麼一段話：「**見了他，她變得很低很低，低到塵埃裡。但她心裡是歡喜的，從塵埃裡開出花來。**」

這段話解釋了我朋友的行為——**卑微**。

有時候愛是很自私、也很個人的，因為愛要發生，只需要一個人的感覺、行為就夠了。在那個人眼中，你是如此的美好；在那個人眼中，你是他願意付出一切的人。

愛之所以是美好的，那是因為你所愛之人，剛好也愛你。

這是很幸運的事。不然，愛往往也是卑微的。

卑微不但苦了自己，也不會有結果。就像張愛玲卑微到塵埃，卑微到把自己的一切給了胡蘭成，到底還是一場空。卑微到塵埃裡，再從塵埃裡開出花來。這是一種痛與快樂的並存。

其實，張愛玲不知道這個事實嗎？我的朋友不知道嗎？又或者正在卑微的人不知道嗎？我相信都知道的。

他們卑微到很低很低，甚至是心甘情願的，因為他們還離不開對方，所以就會有各種借口去令自己繼續堅持。

「她在忙。」

卑微到極點的時候，就是想從卑微中得到花的盛放。但事實是甚麼，自己內心其實早有答案。

**卑微之花，最終只會結出痛苦之果。**

# | 冷淡與心淡 |

**有時候放棄一段感情，不代表已經不愛。因為愈來愈多選擇放棄的人，反而是還愛著的人。**

可能有些人會反駁，如果還愛就不會放棄，要不就是不夠愛。我覺得這樣未免太自私，也沒有同理心，也許他們都未經歷過心淡。

所謂心淡，其實是由濃變淡的過程，在感情世界中，愈是深愛，要變淡的時間就愈久。

所以還愛著對方的人，當他們說出「放棄」時，往往都不是一瞬間的事，畢竟又有誰會想離開自己心愛的人？他們一定堅持過，覺得事情最後一定會變好的；他們也一定掙扎過無數次，覺得好的愛情是要歷些苦難。但他們最後發現，原來愛是會被消磨掉的。

我朋友就是其中一位，他很愛女朋友，但奈何她的態度愈來愈冷淡。無論朋友如何努力、堅持，如何討她歡心，最後只扮演了一個小丑。

朋友說得最多的一句是：「為甚麼要這樣對我？」

說的時候好像是在問我，又好像是在問自己。但更多的，是在問那個不在身旁的她。

「我沒有做錯過任何事，也沒有對不起她，為甚麼就會落得如此下場？」

朋友一直在問，我沒有回答，也不用回答，因為他並不傻，其實這個世界哪有那麼多**「為甚麼」**，很多事都不用原因的，起碼對方的冷淡他還是感受得到。只不過他不介意而已，又或者說，是他不敢去揭穿，他怕一切攤開來後就會失去。這是他承受不了的，所以他才會**「不介意」**、**「不知道」**。

雖然這些冷淡並沒有一下子撲熄他內心的熾熱，但只要持續不斷，是可以冷卻一切熱情的。

這個由熾熱到冷卻的過程，就是心淡。

冷淡有時候比大吵一場的殺傷力更大，因為冷淡代表的是不在乎。吵架，起碼對方還會因你而動怒才吵，還會因你而有情緒。但冷淡，代表她已不再為你動任何情緒了，你想怎樣，無所謂了；你做甚麼；無所謂了。終於你忍不住問她，她又會說沒事。

她在你之間築起了一面高牆，你不知道她在想甚麼，也不知道她想做甚麼。是變了嗎？又好像沒有，所以有一刻你會懷疑自己是不是多疑了。但無論如何，你卻確實感受到，她對你真的冷淡了。

冷淡是一個過程，是一個對比。

從前她會呷醋；會問你跟甚麼人吃飯，男的還是的；會問你在做甚麼，有沒有想她；會撒嬌，會叫你哄她開心；回訊息慢了，她會轟炸你；被她發現晚睡了，她會生氣，會管你⋯⋯

現在？當你問她在做甚麼時，她願意反問你一句「你呢？」，已經足夠讓你開心一天了。

愈甜蜜的事，與現在的冷淡對比，才是致命的毒藥。

人們常說感情是「**一個願打一個願捱**」，很多人覺得只要自己願捱，他們就能永遠在一起，但他們到底還是在冷淡下，最終擊毀了自己的意志。畢竟一個人怎麼努力，也會有累倒的一天。

我朋友試過以其人之道治其人之身，他也不理她了，換來的卻是永恆的寂靜。朋友後來忍不住找回了她，她的反應一如以往，彷彿一切都沒事發生一樣，顯得我朋友自己神經過敏，白痴一樣。

朋友說：「也許是我反應太大。」

你不找她，她不找你；你找她，她像沒事一樣。

慢慢地，你會覺得是自己搞砸了這段關係，甚至是討厭自己，覺得是自己不夠堅強，心淡是懦弱的表現。

但事實是，她的冷淡是真的，你的心淡也是真的。

自己為何會落得如此下場⋯⋯或許一切都只是自作多情罷了。至於

放不放棄，真的很難決定，因為你還喜歡著她，你還想著可以回到以前。

但以前的，都回不去了。

現在，每天都輪迴於堅持與放棄之間。你快成瘋子，她卻一如以往，冷冷淡淡，不瞅不睬。

有時，真的多麼想她認真說一句「滾」，好讓自己由心淡到死心。

# |等你說分手的人|

一段關係會出現很多問題，小至日常習慣，大至價值觀，都可以產生衝突。這是必然的，亦相信每對情侶都有遇過。

以前的我一直相信，這些都可以透過磨合去解決。

但後來我發現，唯獨面對一個不願意和你說的人，你真的甚麼辦法都沒有。

## //

他們甚麼都不會說，並不是指不和你說話，而是不說出自己內心話。

明明他覺得有問題的，但就是不說出來；明明覺得自己沒有錯，他也不反駁你。你問他如果自己有甚麼地方做得不對，希望他說出來，不想自己好像一直在發命令似的，但他還是說沒有問題。

這讓你以為真的沒問題，甚至覺得自己杞人憂天了。

但你會發現，他還是沒有改。

是自己沒有說清楚嗎？明明已經把話說得很白了呢。是自己沒有聽清楚嗎？明明他說沒問題，會改的呢。

算了，提醒一下他好了，再等一會兒吧，可能他需要一點時間。

他說好，會慢慢改的了。

再過一陣子，他還是沒有改。你繼續忍，你怕逼得太緊會有反效果。

再多給他一點時間吧。

一次……兩次……三次……

還是沒有改。

這時你忍不住質疑自己，是要求太過分了嗎？還是他真的有在慢慢改了？

同時，你也不知道怎麼再開口說，都說過好幾次了，又再說同一個話題，自己也覺得煩了，更何況對方，而且他也一直沒有怨言，每次都表現都很配合，自己再提的話，就像個瘋子。

但你真的不能忽視……他並沒有改。

你開始在想，還需要繼續嗎？

你想繼續，但他一直沒有改，你一直在忍受他的不溫不火，你真的很累，你不想等了；你不想繼續，但你又覺得為了這些可以改的問題而分手，很不值得，再等一下吧。

通常你還是等不了，你還是傷心地説出了那句：「分手吧。」

而他，沒有挽留。

彷彿……他這麼做，只是一直在等你説。

//

當然，不是每個人都有勇氣説分手的。有些人忍耐力很強，怎麼也不説分手，覺得不説就真的沒有「分手」。

但又會好很多嗎？

我有一個女生朋友，她的男朋友冷暴力了她好幾個月，那男生是屬於那種你不找他，他不找你；你找他，卻又十問九不答，甚至直接已讀的人。

就牌面而言，他們算是分手了的，但是雙方都沒有説分手，女生曾直接問男生這樣是否分手了，但男生只是已讀。就算回覆，也是回覆之前一些無關痛癢的訊息。

朋友自然不想分手，所以一直沒有説出口。但面對這個局面，她甚麼辦法也沒有，畢竟面對一個不願意説話的人，你又可以怎樣？

不，是不願意對你説話的人。

其實，她也明白所面對的處境和分手沒有兩樣，畢竟如果真的還愛

你，又怎麼會這樣對你？但這一句「分手」，卻是她最後一絲執著，只要一日未說分手，他們還是男女朋友，一切還有轉機。

所以她至今仍然以「**我男朋友**」來稱呼他，也許這是她一直不說「分手」的原因吧。

有次她問我，為甚麼有些人連一句「分手」都不說？明知道對方是等這一句來抽身，明知道對方一直在等一個正式的答覆，為甚麼還要一直在拖？

有意思嗎？為甚麼這麼不負責任？為甚麼不好好給一個了絡結？他們是不懂嗎？

我說不。

因為沒有人想做壞人，所以有些人至死也不說「分手」。

其實他們一直在等，等你被痛苦磨去耐性，最後說「分手吧。」

那麼他們就可以跟別人說自己被分手了。如果再機心一點，還會加多一點「**無可奈何**」，又或是「**傷心**」的感覺，以營造一個被害者的角色，得到身邊朋友或是某些早已視為目標的人的安慰。

所以他們不是不懂，而是太懂了，他們懂得怎樣全身而退，而不背負一點罵名，畢竟「**被分手**」，聽上去總是比較慘的，令人想呵護。所以只有你感覺是在被拖，於他們而言，可能他們早已風流快活，你的心

情如何，也與他們無關了。

由此至終走不出來的人，只有你。

當然，我不是說他是這樣的人。

但總有這些人存在的。

//

我朋友最後還是說了分手，但她仍然深愛著他，但這又可以怎樣？有時候即使仍然很愛，即使很不捨，最後還不是要說分手。

累了，也很沮喪。

以前我會想，既然捨不得，為甚麼要說分手呢？

但現在我會想，到底是甚麼原因令一個還很愛的人，親手了斷這段關係？到底經歷了甚麼，才把他逼到如此絕境？說出那句令自己也心碎的——「我們分手吧。」

這當中的痛苦及無何奈何，除了經歷過的人外，其他人又怎能明白。

有時候最令人痛苦的，不是那些觸犯了你底線，比如出軌的人。

**最令人痛苦的，是那些由始至終，甚麼都不跟你說的人。**

**除非你說分手。**

－ 所有開始，都意味著結束 －　　117

# | 不是不愛 |

以前我認為，兩個人在一起是因為愛，那麼兩個人分開，自然是因為不愛。但原來不是這樣的，最近聽得愈來愈多分手的理由是「不是不愛」。又或者，是出來社會後，聽得愈來愈多。

談戀愛往往會有些分水嶺，第一個階段主要是還處於學生時期，那時大家還是十多歲，對於愛情的理解有點懵懂，卻因為已值青春而又開始嚮往。

那時大家在一起的原因很簡單，可能是因為每天一起上學；可能是班上的鄰座；也可能是一些莊務上的合作。那時候大家走在一起不太複雜，相處得開心，大家挺有好感的就可以了。這種簡單純粹，甚至有那麼一點衝動傻氣的，我們會叫作「puppy love」。

第二個分水嶺，是離開校園、放下學生身份，出到社會後的戀愛。

很多人說，這些才是真的戀愛。

因為那時的愛情會赤裸的曝露在現實中，再不是上課下課然後想著去哪兒玩，大家需要面對生活、工作、家庭、未來、金錢等。生活沒有以前那麼簡單，也沒有以前那麼純粹，煩惱自然就多了，這是成長，也是「puppy love」沒有的。我們被逼著去面對這個複雜的社會，所以我們也複雜了，愛情也是。

我一位朋友，和他女朋友一起已有六年。最近，他告訴我有分手的念頭。

我問：「你不愛她了？」

他說：「不是不愛，是現實。」

他們由大學時就在一起，直到大家出來社會工作，數年間一直相依無事。但出來社會後，大家工作了幾年，自然開始思考未來的問題。

由於女生比朋友大兩年多，所以朋友在思考未來時，他不其然覺得自己有更大的責任，因為不想浪費女生的時間，因為再過幾年女生就30歲了，她亦一直想結婚，但如果屆時朋友還未有這個經濟能力，怎麼辦？叫對方再等自己幾年嗎？

愛不愛？愛！但現實是一座大山，壓得人喘不過氣。

因為收入不穩定，他放棄了自己喜歡的工作，轉了一份雖然辛苦，但起碼有穩定收入的工作，只要熬得過好幾年，就有可觀的月薪，到時候要結婚甚麼的，也有些本錢。

我問：「你喜歡這樣的生活嗎？你才二十多歲呢。」

朋友說：「是啊，不喜歡。但又可以怎樣？」

是啊，生活不是說喜不喜歡，而是選擇與捨棄。既然還喜歡她，那就需要捨棄一些事情，而不是以前那樣想不做就不做。

但真正令我朋友萌生分手念頭的，是他覺得只有自己一個人在努力。「但她現在只是做一份月薪 1 萬 2 千元的工作，而且做了好幾年也沒有起色。我有問過她沒有沒打算轉工，她又說不知道做甚麼好，每天都在煲劇。」

朋友嘆了口氣說：「前些天我問她，我們都一起了這麼久，未來有咩計劃？你知道她回答我甚麼嗎？」

我搖了搖頭。

朋友苦笑了一下：「她說靠我養。」

朋友拍了拍大腿：「我不是不愛她，但我真的好大壓力。」

我沉默了一會兒。

我說：「其實……有沒有想過，是我們變了？」

朋友吐出口中的煙絲，也沉默了一會。

「是的。」

其實那女生一直都是這樣，她的思想、性格由大學時已是這樣，甚麼都依賴我朋友，那時我朋友不覺得她有問題。直到現在，她也只不過是做回自己，她還是當時的那個依賴的她，但我朋友卻覺得有問題了。

因為變了。不是她變，是我朋友變了。

有一句說話叫「**愛情可以衝破一切**」，也許有的，但事實是很多人都在現實的途中放棄了，因為還有一句話叫「**現實使人低頭。**」

現實太殘酷，愛情在現實之中只顯得十分無力。我們在現實中談戀愛的人，有時也十分無奈。

這個世界上，不是很多人可以「**愛情飲水飽**」，我們只是凡夫俗子。我們要考慮的太多太多了，而這些考慮往往不屬於愛與不愛，而是現實的問題。但這些與愛無關的問題，卻可以拆散本來因為愛而一起的人。

這就是現實的殘酷。

所以長大後的分手，很多都不是不愛，而是不適合。這當中不存在對錯，更多的只是無奈。

有時我會想，出到社會後的戀愛，才是真的戀愛嗎？有沒有一個可能是，「puppy love」才是真的戀愛。

其實，為甚麼這個世界會有「puppy love」？又或者這樣說，為甚麼我們要區分出「puppy love」？

那都是長大後的人造出來的，就像我們會區分幼稚和成熟。只有那些自認為成熟的人，才會叫人幼稚。

他們之所以認為長大後的戀愛才是戀愛，也許他們長大後的愛情都變得複雜了，為甚麼愛情與錢有關？為甚麼愛情與家庭有關？

還有很多很多……

他們想回到過去但又回不去，所以才安慰自己說「**愛情是要經歷考驗的**」。但為甚麼愛情一定要考驗？就像人為甚麼一定要成熟一樣，其實都是因為沒有選擇。人真的需要成熟嗎？不，我們是被社會逼著成熟的，愛情真的需要考驗嗎？不，是生活令我們被逼接受考驗的。

長大後，我們都回不去了。我們回不去以前的「**幼稚**」，也回不去以前的簡單。我們令一段感情，變得不是愛與不愛的問題。

**其實複雜的，從來不是愛情。**

**是人。**

# | 甚麼時候起，我們變成這樣？|

**每段關係結束前都會有一些先兆，我們會感受到，但又改變不了，那時的無力感則特別重，並不停地想：甚麼時候起，我們變成這樣？**

對啊，怎麼不知不覺間，我們就走到這一步了。怎麼不知不覺間，一切都回不去了。

甚麼時候起，我和你說一句話，也要想那麼多？計算那麼多？從前我想說甚麼就說甚麼，即使那只是一句「哈哈」或是表情符號 😊，因為我知道你總會把話題接下去。

從前我們都會秒回，現在我卻怕你覺得煩。看到你的訊息時，我不敢秒回，要等好一段時間後才回覆，甚至看到你在線上也會緊張。就算回覆時，每一句話都心思熟慮，到底有甚麼話題你會感興趣？甚麼樣的句式你會回覆？字數亦不敢太少又不敢太多。

就算是「哈哈」，後面也一定加幾個字，或是開展新話題讓你可以接話。

因為我很怕說完後，你就不再理我。說白了，現在和你對話，很怕給你一個已讀的機會。

甚麼時候起，我們把日常的對話變成一場心理戰？

為甚麼我們回不去從前了呢？是我不夠主動嗎？是我不夠堅持嗎？但你知道嗎……是你的冷淡令我的熱情退回內心深處的。

動情之人都是卑微的。

我喜歡你，所以怕失去你，我只能一直遷就你，我不想被你討厭，你冷漠的時候我會覺得是我的責任，我會覺得自己不夠風趣，又或是某一句句子說得輕挑了，惹你反感了。

這段時間我一直退一直退，退到懸崖邊上，我還在擔心是不是退得不夠多，但你的眼神告訴我，你想我直接跌入深淵，消失在你視線範圍內。

甚麼時候起，你的眼神變得如此冰冷？

但我還是堅持，因為我覺得一日還未結束，一切都有可能，所以我開始為你的行為想各種解釋：「你很忙」、「你很边」、「你需要空間」。

但後來，我開始騙不了自己，也沒有借口堅持下去，裝不到了。一段關係是兩個人的事，就像火和氧氣，就算火有多麼熾熱，只要沒有氧氣的呼應，始終也會有熄滅的一刻。

其實，我們還是可以像以前那般熱情，因為我還喜歡你，只要你向前踏出一步就可以了。只不過這個「可以」只在我這邊，你沒有選擇「可以」，你所踏出的那一步，是向後的。

我很喜歡顧城的一首詩：

你，
一會看我，
一會看雲。
我覺得，
你看我時很遠，
你看雲時很近。

真正的距離，是心與心之間的距離，你明明就在我面前，但我卻感到你非常遙遠，而這種遙遠，是透過我們從前的親近對比而來的。

甚麼時候起，我們的關係中會出現「從前」和「現在」了？

慢慢地，我們愈來愈少說話，話也愈來愈生硬，好像我從不認識你似的。因為我變得小心翼翼，咬文嚼字。為了怕你有壓力，亦不敢向你表達自己的負面，甚至是自己的心事了，我們之間愈來愈不了解。我怕你討厭，所以我不敢輕挑，對你愈來愈禮貌。對啊，我成為了一個紳士，但再逗不到你笑了。

慢慢地，我們愈來愈遠……愈來愈遠……當我發現時，已回不去了。甚至回望過去，那些普通的日常，已是現在的罕有。我們好像在某個時刻起就注定要完了，只不過我不停地回想，也沒有答案。

有時候，我真的很想問你句：甚麼時候起，我們變成這樣？

但，我連這一句也不敢問了。

# | 我早就知道結局了 |

**其實我早就知道我們的結局了，但我……還是讓劇本默默走完。**

我不是一個善於言詞的人，或許這是每一個作家的通病吧？我總覺得有些話攤了出來，事情就回不去了，一切都只會變得不好。至於所謂的「不好」是甚麼，我也不知道。但由於不說出來也不會有甚麼好轉，說出來也見不得有多好，所以索性就不要說好了。

也許是自己的懦弱，又或許是自己想苟延殘喘，有時我會想，其實是否每個人長大後都會這樣？總覺得甚麼都不管，事情慢慢就會好起來，就像小時候覺得睡完一覺，甚麼都會好起來的。但長大後我們都知道，那不過是自欺欺人罷了。

所以在感情路上，很多時其實我早就知道我們的結局了，但我還是讓劇本默默走完。

痛是很痛，但走與不走，又是另一回事了。

人啊，總是犯賤的。

我很喜歡用犯賤這個字，因為它夠赤裸，亦夠侮辱。人啊，或多或少都會要面子的，無論是對朋友訴說的時候，甚至是自己思考的時候，總喜歡用各種言語包裝，讓自己看上去沒有那麼醜陋、不堪。

其實說到底，還不是因為不想面對那個犯賤的自己。

說自己犯賤，也是面對自己的一個方法，畢竟這是事實，沒有提起不代表不是。說出來很痛，要面對更是，但只希望這些痛會令自己離開，那麼也叫痛得有價值了。否則，有時候連自己也看不起這樣的自己。

有時看到其他人，即使明知道繼續走下去會是怎樣的結局，但仍是要繼續，我就會覺得為甚麼這麼傻，為甚麼要令自己如此痛苦，為甚麼要逼自己。人生不是電影，不一定等結局出現才離場的，我們可以抽身的。

不是嗎？

是嗎？

其實他們也知道的，但就是辦不到。感情就是讓人不理智，去做一些外人看上去很白痴的事，但只有身在其中的人才明白，這感覺就像地心吸力一樣，任憑怎麼奮力跳起，最後還是落到地上。

是啊，我早就知道我們的結局了。

我知道最後要不是你離開，就是我受不住而離開，但我還是等到那天再算吧，起碼我現在不想離開你。

因為……我做不到啊。

我覺得這樣突然離去，好像只為了自己的幻想而離開，或許事情不

是我所想的那樣呢，或許一切還有轉機呢，只要再堅持多一會就好了。是的，一定是這樣，他會回心轉意的。

其實這不過是借口。明知結局但又走不了，真的很痛苦，所以為了讓自己不這麼痛苦，唯有找一些借口給自己。

我知道這樣想很可笑，但我怕自己數年後回望這段關係時，會懊惱自己不堅持。就讓我眼睜睜的，看著它完完整整的發生吧。我知道會很痛，但也許夠痛，才覺得真的沒有以後，未來回想時也不會後悔，起碼我痛過。

其實我早就知道我們的結局了，但大概是從甚麼時候起就預視到，我也記不清了，反正是挺早的。可能你覺得我並無異樣，但其實我早就知道，我們到底還是要分開的。

或許是那次見面之後吧？又或許是那晚你說的話。反正，都是一些細到不起眼的細節。回覆的時間、回覆的用字、回覆的語氣、你向看我的眼神，走路時和我的距離等等，我都能從中讀到你的內心，甚至是我們的結局。就像我看到黃昏，就知道之後會是漫長的黑夜一樣。

有人說這是因為巨蟹座比較敏感，但我覺得每個用心於一段關係的人，都是這樣吧？畢竟細節雖小，卻往往見到一個人的真心。細節就像路上的一塊石頭，它並不起眼，但絆倒你時，卻異常的痛。

其實我早就知道我們的結局了，但我不會說。我會默默的讓劇本走

完。你就當是我懦弱吧，又或是留給大家最後的一個體面。

我會靜靜的看著，然後心淡、最後死心、離開。或許到結局的時候，你會感到訝異，甚至你會說，為甚麼不早說呢？但我覺得，有時候如果要靠說出來才會改變的話，也就沒有必要了。

人啊，應該是自覺得動物，愛情之所以甜蜜，不就是對方一直主動的為對方付出嗎？說了才做，那是指令吧。

算了吧。

不過，即使我早就知道我們的結局了，我仍會直到最後一刻才離開。畢竟我沒有那麼果斷，也沒有那麼瀟灑，即使你的行為真的令我很痛很痛。因為⋯⋯我不是不離開，我是離不開。

**為甚麼？**

**因為我喜歡你啊。**

# | 愛你，但不再喜歡你 |

**電影《One Day》裡面，Emma Morley 對 Dexter Mayhew 說：「我愛你，但我不再喜歡你了。」**

很多人不明白，那是一個甚麼樣的感情。

我以前也不明白。但當真正經歷過後，就會明白為甚麼自己仍然愛著對方，但卻能已不再喜歡了。

我可以說，說得出這句的人，他或她必定經歷了一段漫長而又痛苦的時光，如果你們身邊有這些人，請好好安慰、聆聽他們。

在我的角度裡，我喜歡你，我如赤裸的面對這天地，我會讓你知道我全部心意，我會讓你知道我的在乎，我恨不得把一切都告訴你。我喜歡你，我思念你時會毫不猶疑的找你；我吃醋時會氣冲冲的告訴你；我失落時會像受傷的動物般向你分享。

我喜歡你，每一分秒我所遇到的事，我都想和你分享，你是我生活中的一部分，你是我的靈魂，就如同雨水同大地的意義。我喜歡你，我熾熱的目光永遠跟隨著你，在你面前我就是一個纏人的小孩，我的心思在你面前表露無遺。

而我愛你，是默默的守護。我與你會有適當的距離，你有你的生活，

我也有我的生活，然而你仍會影響著我的情緒，但我不會告訴你。

你是我生活中的一部分，你還是會牽動我靈魂的人。其實我內心仍像一個少年，只是我故意把他藏了起來，而你並不知曉。

可能你會覺得我莫名奇妙，但你不知道我為何這樣，你的冷漠；你的敷衍；你的迴避；你的禮貌，就像一盤又一盤冷水倒在我熾熱的心上。

慢慢地我不敢了，我後退了，有時我在想是不是自己懦弱、不夠堅持、不夠主動。我也開始找各種理由說服自己，再次掛上微笑找你。

我愛你，所以我時常說服了自己。

我曾說過：「愛有時候之所以是美好的，那是因為你所愛之人，剛好也愛你。」但如果你愛之人不愛你，那麼這種感情是苦的，但你逃離不了，也無能為力，因為你愛他。

我愛你，所以我能承受你所給予的一切痛苦與委屈。我愛你，已超越「喜歡」的那種佔有慾，變成如孽債般擺脫不了的情感。

但某天，痛苦會把體無完膚的我逼到絕境，我終於要面對。我選擇離開，但我知道，我仍然愛你，但一切都和以前不一樣了。

我愛你，所以我會想起我們的過去，卻不會再去想我們的未來。

我愛你，我無法控制自己對你的難以忘懷，可是我對於關於你的一切，已經再也沒有了期待。

我愛你，所以我對你仍有愛意，但我對自己已無能為力。

我愛你，雖然我已選擇離開，但假若哪天你需要我，我仍是那個義無反顧、為你付出一切的少年。

**此時此刻，我很想得到一刻內心的安靜，我真的太累了。我很想好好的，喘一口氣，真的很想，所以我終於說出「我愛你，但我不再喜歡你了。」**

# ｜不知道，你是否和我一樣｜

**不知道，你是否和我一樣，如我想你那般，想起我。**

**坦白説，我有。**

那間最後一次去的電影院；那個你説沒甚麼好逛的商場；那間你説很難吃的餐廳；那個我們飯後散步經過的路徑；那個我們依偎在一起的海旁，那個我們説再見的街口……

每次經過，我都會想起你。

有時只是聽到地方的名字，就想起了你。

不知道，你是否和我一樣。

那些地方就像一個記憶點，每次經過時總會觸發腦中的播影機，畫面一直重播。你精心的打扮、你燦爛的笑容、你淘氣的作弄。還有……你決絕的説話、你冷漠的眼神、你遠去的背影，我都一清二楚。

我這才發現，原來一切都還是那麼清晰。

原來有些記憶，會像酒一樣，愈來愈醇。

這種記憶會不會很痛？老實説也不是很痛，甚至……根本沒有痛的

存在。那是一種不痛不癢的感覺，怪怪的，好像不真實的，但我又知道這是真實的存在。要我説，那就像內心深處做了一個剝牙手術，剛開始一碰到就痛。後來習慣了，不痛了，只感到空空的。

有時候我會這樣想著想著，就走神了。回過神來，發現自己仍站在一個人來人往的街道、那間餐廳還在，那條街道依舊人來人往，一切都和我們未分開前一樣。

分別在於，沒有了你。

又不知道，你是否和我一樣，看到一些照片時，會想起了對方。

那些照片也不是甚麼特別的照片，不過是你傳給我的日常照片，可以是一個午餐；可以是你吃的零食；可以是你日常購物的戰績；可以是你證明自己上車後拍的照片；也可以是你扮鬼臉的自拍照……

但我都不捨得刪，即使那只是一張雪條被咬了一口的照片，又或是那失了焦，你帶有殘影的腳正在行走中的照片。老實説，這些照片太普通了，普通得我要小心翼翼清理照片，因為我怕不小心就把其中一張刪了。對啊，我不想刪。我覺得刪了就好像親手摧毀了些甚麼，內心好像少了些甚麼似的。

不知道你是否和我一樣，會把我們之間的對話截圖下來。我會，特別是那些問句，我覺得特別窩心，因為這個世界沒有人是奉旨要為你著想、關心你的。「你是不是在忙？」、「你今天情緒好像不太好？」、

「不舒服嗎？就早點睡吧。」、「在幹嘛？」……

有時候清理照片時，刪著刪著，就看到了。看著看著，就沉默了。畢竟，那都是以往了。不知道，你是否和我一樣，都不想刪這些照片。

我是夜貓子，你知道的。沒有你的夜裡，有時我會想，這個時候的你睡了沒有。如果睡了的話，那麼睡前有人和你說晚安嗎？那個人是誰？如果還沒有睡的話，那麼你在做甚麼？是和我一樣百無聊賴的看著電話？還是在和那誰聊天？這個晚上，你的心情又是怎樣的？不知道，你是否和我一樣，在同一個月光下，如我猜想你般，猜想我在做甚麼？

你知道嗎，我在睡前準備放下手機時，有時會故意點去你的對話框。看看你的上線時間，看看你的頭像有沒有轉，看看你的狀態是否還是那句話。如果轉了的話，我又會想，是不是因為我而改的，如果不是的話，你又發生甚麼事？

當然，我也會看到……我們最後的對話，那就像時間囊，一切的畫面，一切的情緒，都封印在聊天室內，一打開它，就會穿越過去。我會這樣靜靜的看著，之後輕輕拉一拉已到底的頁面，發現對話框和我們一樣，都停在了那天，停在了那句說話，並再沒有之後。

不知道，你是否和我一樣，也會偶爾打開我的對話框，回想當晚的一切。不知道，你是否和我一樣，在我們分開的那個晚上，心痛得難以呼吸。

關係完結時，我們老說要忘記對方。於我看來，那不過是淘氣說話。不在乎的，我們根本沒有需要忘記。說要忘記的，往往不會忘記，因為只有我們在乎的東西，才會想要忘記。但問題是……在乎的又怎麼可能忘得了。

那麼我……我又怎麼可能忘記你。

不知道，你是否和我一樣，如我想你那般，想起我。

但重點是……我不知道。

# ｜真的死了反而更好｜

有沒有試過，一個和你靈魂同樣重要、如同呼吸般重要的人，就那麼走了。

一個活生生的人，就那麼離你而去了。

有時我會極端的覺得，如果是這樣的話，要是真的死了反而更好。

不是我，是對方。

因為實在難以接受一個活生生的人，就這樣消失不見。

不，那不只是一個活生生的「人」，他不是張三李四。他是和自己經歷過很多親密時光的人；他是我見面時間最多的人；他是和我說話最多的人；他是變了如習慣般存在的人；他是從來沒有被我想像過會不在身旁的人，他是……

然而關係一完，就這樣沒有了，甚麼都沒有了，如憑空消失一樣。這種感覺令我有點錯愕，好幾天也沒有反應過來，甚至覺得原來也沒有想像中那麼悲傷。

但當再沒有人和自己說早晨、晚安；生活的瑣碎事再沒有分享對象；手機的震動再不是他的訊息；他的訊息欄變成時間囊，永遠停在那一刻，有時你忍不住打開，看到那最後的訊息，只有痛苦；IG Story「已看過」

的人中再沒有他的名字……

終於意識到，他真的從自己生命中消失了，從今以後各走各路，大家再互不相知，一輩子也不再有交集，而自己甚麼也做不了。

那一刻才是最痛苦的。

時間一分一秒的過去……他的容貌也漸漸模糊，甚至自己也開始思考對方是否還是那個模樣。他長成甚麼樣了？他還是那樣胖胖的嗎？頭髮長了嗎？還是短了呢？

我不知道。

每逢周末或是節日，我又會思考他一切的活動。他今天有出去嗎？他不會在家過吧？那他去幹嘛呢？和誰呢？

我不知道。

每當自己百無聊賴，又或是睡前滑手機時，突然又會想，他是不是在和別人聊天了？這段時間以來不會沒有和異性聊過天吧？那位被他說煩的人，會不會已經聊上了？他是不是已經有到新對象了？他是不是已經可以開懷大笑了？

他會不會……忘記我了？

不知道，我永遠不知道……

我對他的一切，永遠只停留在那段已過去的時光，並隨時間慢慢地模糊。我抓不緊，也留不住。那是多麼無奈的事實，我甚麼都做不了，只能眼睜睜的看著，並甚麼都做不了。

有時我會想，其實這不就和死了一樣嗎？

不，是比死了更慘。

因為他根本沒有死，我知道他一直都在，他還活著，他就在這個城市，和我呼吸著同樣的空氣，看著同樣的月亮，感受著如約而至的春夏秋冬。但所有和他有關的一切，我已不再知曉，他就這樣從我生命中消失。

其實要是真的死了反而更好，那麼他就停留在那段有我的時光裡，我不用再去憂慮他是否忘記了我，我不用再想他是否已能如常生活。更重要的是，我不用再幻想他是否已找到替代我的人⋯⋯

我時常覺得，分開後的那些如常日子中，總有一個人會乘虛而入，那個人會令他牽腸掛肚，那個人會令他開懷大笑，那個人會讓他秒回，那個人會被他約出去，那個人會知道他每一天吃甚麼，那個人會收到他的早安與晚安⋯⋯

我不知道，那只是我的幻想，但我停止不了，因為他還活著，那麼這一天總會到來的。

所以「要是真的死了反而更好」，不是要對方真的死亡，而是感嘆於眼睜睜看著對方與自己擦身而過，生命再不相遇的一種悲痛與無奈。

因為我真的接受不了，他與我再無關係，我們各自生活，如同陌路人；我接受不了，人與人之間的別離會如此簡單，而且自己盡力氣都阻止不了。

要是真的死了反而更好，我不是要他真的死，而是我可以知道你真的不再存在，我亦不用再添新的傷口。

當然，這個想法亦很自私，但感情世界中，誰不是呢？

# | 做回朋友 |

「分手了，真的不可以做回朋友嗎？」

這是分手後聽得最多的話之一。

說這句話的人有兩種：說分手的；被分手的。

主動說分手，但又想繼續和對方做朋友的，為甚麼？

理由不外乎都是甚麼雖然大家不合適做情侶，但大家已經那麼了解，分了手也可以做朋友啊，不然就可惜了一個這麼了解自己的人了。

再加一句：「難道分手就要成為陌生人嗎？」

聽上去是不是合情合理？

沒錯，在說分手的人的角度而言，確實是的。

對，是說分手的人的角度。

你狠狠的捅了人一刀，他的血還一直在流，你還要問不如做朋友？

他之所以傷心，是因為你不再和他一起。他要的不是朋友的關係，他要的是情侶關係，而你再問他要不要做回朋友，不就是二次傷害。你這樣做，不但絕情，也無情。

你當然沒所謂，你要的只是他對你的好。你不愛他了，你能如願以償的分手了，對你而言當然爽，多輕鬆自在，再沒有壓力，可以一邊找一個自己喜歡的人，或是一邊和別人搞曖昧，但同時又有他對你的好。

貪心，自私。

說實話，怎麼可以對一個曾經愛過的人，做出這樣的行為。

又或者，你曾經愛過對方嗎？

至於被分手，但又想繼續和對方做朋友的。你們撫心自問，真的想做朋友嗎？

不，應該說，真的想只是做朋友嗎？

「只是」嗎？

說這句話的人，就連他們自己都有一種「對啊，真的只是想做朋友」的感覺，他們覺得自己真的是這樣想的。

但他們不知道，他們只是想用「朋友」的身份留在對方身邊，用「朋友」的身份繼續和對方說話、像平常那樣聊天，最好還可以約出來吃個飯甚麼的。

朋友嘛，不都這樣。

大家那麼了解，難道分手就不能再接觸嗎？

再加一句：「難道分手就要成為陌生人嗎？」

聽上去是不是合情合理？

對，不然怎麼欺騙自己，說服自己繼續留在對方身邊。

你們現在覺得還可以做朋友，不過是因為你想從朋友這個階段重新來過，內心還抱有一絲希望，你們覺得對方不會那麼絕情的，畢竟他之前對你那麼好，畢竟你們之前那麼甜蜜。

抱歉，那是之前。

你之所以覺得做朋友也不錯，那是因為你還沒有面對一些問題。

如果真的是做朋友，那你可以看到對方和異性約會而不呷醋嗎？

如果真的是做朋友，你會幫對方出謀獻策去追求別人嗎？

如果真的是做朋友，你看到對方有另一半時，可以真心的說一句恭喜嗎？

面對這些問題時，作為「朋友」的你，能做到朋友的本份嗎？

不，不能的。

我明白，兩個人在一起那麼久，說分手就分手，的確是很可惜的。

但感情不就如此嘛？你們的相遇也是突然的，但你不會抱怨。其實

是不是真的不能成為朋友呢？我覺得不是的，但起碼不是現在，不是分手後短時間內可以做到的。

那不就成為了陌生人嗎？

「難道分手就要成為陌生人嗎？」

是的，一段關係結束，對大家最好的方法就是成為各自的過客。若真有所謂的重新再來，那個重新，不就是從陌生人開始嘛？一切就交給緣份，就當你們從沒有遇到過大家。

或許數年後，大家再遇上時，大家都走出了那段感情，各自經歷了自己的生活，長大了，成熟了。他會摸著酒杯底笑說著當時的稚嫩，你會帶著微醺的罵他當年的無情。這都好過現在苟延殘喘的折磨自己。

說分手的，請你們不要這樣對待一個如此愛你的人，你可以出去花天酒地，你可以出去到處留情，都可以的，因為你已分手了。

但請你不要把對方留在身邊，這是折磨，對方當然沒有問題，因為他不能自控，但你有看過他夜闌人靜時落寞的眼神嗎？

請不要試著去做一個「好人」，你說了分手，就已經好不了，你的所有「好」，會殺死對方的。

被說分手的，你們很可憐，我明白，但請認清事實：他說分手是事實；他不愛你是事實；你的傷心是事實；你的不甘心是事實。

你要解決這個問題，真的不是「**做回朋友**」，因為當他找到新歡時，你要再感受一次被拋棄的感覺。

也不要覺得沒有了你，他會過得不好，這個世界沒有誰不能沒有誰，你這段時間只是卑微如狗的存在。

所以分手後，都不要做回朋友，這都很賤，

**一種是賤格的賤，一種是犯賤的賤。**

# | 我以為放下了 |

**我以為放下了她。**

**真的。**

分手後，我遇上了另一個女生，不是分手後立即就認識的新歡，而是好幾個月後，我認為自己足夠平靜，在一次偶然間認識的。了解好一段時間後，我才思考要不要繼續發展。

其實我知道她在等我，所以我也認真的思考了很久，到底自己放下了沒有，因為實在不想還未放下就和別人一起，那只會拖累了她。

但我發現她出現的這幾個月，使我沒有再想起前任，我們每天都聊天、早安、晚安， 生活大小事都會和大家分享，甚至……出現了久違的快樂。

我不是第一次談戀愛，自然明白這代表著甚麼，而且我相信她也明白大家之間那微妙的心思，只是都沒有戳穿而已。

這讓我……想試試。

後來我約她見面，並打算在那天表白。

那天剛好轉涼，我換上一件分手就後沒有穿過的卡其色外套。吃完

晚飯，我們在海旁散步，但醉翁之意不在酒，我打算在這微寒的晚上直接牽她。

看到她冷得搓揉雙手，我知道這是一個機會，我把手伸進口袋，打算先搓熱，再牽她的手幫她「**取暖**」。

但就在我伸進口袋之時，碰到了一個硬物。

我愣了。

再摸了摸，我腦袋短路了，腳步也頓了頓。

因為不用拿出來，也知道那是甚麼。

前任的暖蛋。

她和我一樣是個很怕冷的人，不過不同的是，只要天氣一轉涼，她就會帶暖蛋外出，而我則不會，畢竟男人老狗帶暖蛋……多少有點怪怪的。她看不過眼，就硬是買了一個和她一樣的粉色暖蛋給我，還說每次天氣冷都要帶給她用。但後來暖蛋不知怎的，不見了，她因此不開心了很久，我哄了她好幾天才消氣。

原來不是不見了……但我想不到會在這刻找到。

我握著那顆早已沒有了溫度的暖蛋，眼眶卻有點發熱。

直到那女生叫喚了我好幾次，我才回過神來。

那夜，除了握著那顆暖蛋，我甚麼都沒有做。

## //

後來，我慢慢和那個女生疏遠了。

我沒有和她解釋原因。

她一定很恨我吧，她一定以為我在玩弄她的感情。但我真的不知道怎麼說，告訴她說忘不了前任？她會信嗎？都好幾個月了，突然才會忘不了？

於她而言，這只是借口。

莫要說她了，我也會懷疑自己。

我放下了嗎？

為甚麼這麼久了，她的身影還是會出現？為甚麼出現時我還是這麼痛，為甚麼這種痛不會使我恨她，而是更想念她？

我一直問自己這些問題。

我快瘋了，我真的想重新生活，我真的想再發展一段新的關係，我想再次被人愛。但我真的無法忽視腦海中的那些影子。自那以後，她的一切又再出現，無論我看到甚麼，聽到甚麼，都可以和她扯上關係。

這些日子彷彿沒有流逝，我還是如第一天的那麼想她……

我不想承認，但卻是事實。

//

做人切忌太有自信，特別是感情上。

更特別是放下上。

怎樣才是真正的放下？

這個問題就像在問：「怎樣才是真正地呼吸？」，動機沒有問題，問句也沒有問題，但內容卻好像怪怪的。因為呼吸是自然的事，當追求真正感受呼吸時，就好像不是真正地呼吸了。

同樣地，當不停地思考自己是否已放下時，其實並未放下，因為思考放下了沒有，正是還未放下的表現，就像不想思念對方，正是思念對方一樣。

人一生總有機會遇到一個痛苦，會痛得你喘不過氣，這個痛會令你想放下，因為你覺得自己比死更難受，每天都是煎熬，你會對自己說：「夠了夠了，要放下了」，只不過第一次的時候，我們都不知道怎樣才是放下。

不再想她就是放下了嗎？

不再哭就是放下了嗎？

我可以和別人曖昧就是放下了嗎？

然而最賤的是，有時候我會覺得「**放下**」是有意識的，並且十分奸詐。它會令你以為已經放下之時，它就會輕蔑的出現，給你一記響亮的耳光，告訴你這一切都是假的，其實你並未放下。

至於是甚麼方式，那可說不準，可以是一個地方、一首歌、一種味道、甚至是一種食物，反正會在你最防不勝防之時，剎那出現並勾起所有回憶。

很討厭這個自己，但又無可奈何，我就像李志的那句歌詞：

「你就像屎的倒影。」

## //

一切回到起點。

她根本沒有離開過，她依舊在我心底，只不過當我發現時，她藏得更深、更扎實了，痛苦亦似酒一樣，愈來愈醇。

這就像我一直想離開這片土地，但最後發現盡頭的前面還是盡頭。只要有一天還生存，就離不開土地，即使死了，也埋在這片土地之中，而我只能眼睜睜看著這片土地截著其他人，並對我不聞不顧。

我不知從何入手去解決，夢醒了，但卻無路可走。

我以為放下了，但其實根本沒有。

這種感覺很絕望。

# | 就當我是執迷不悟的垃圾吧 |

**一段感情結束後，我們會向身邊的人訴苦。**

「他又不回覆我訊息。」

「我直接去找他好不好？」

「其實他是否已經不想理我了？」

「我是否要認清事實了？」

一次、兩次、三次⋯⋯

一開始朋友們還會耐心地聆聽、給意見，但慢慢地他們會發現，其實我們說來說去都是同一樣的事、犯同一樣的錯誤、傷同一樣的心、受同一樣的刺激。

即使給了多少意見，我們最後還是沒有聽進去，又或許有聽進去的，不過沒有做到而已。四次、五次、六次⋯⋯他們失去了耐性，他們亦會由以往的安慰、給意見，變成責怪、指罵。

原本已不好的心情，非但沒有舒緩，反而更差、更委屈。

我們想要聽到的，不是你們赤裸的分析我有多犯賤，不是你們透過

責罵我來證明你們有多懂、有多理性。

但朋友們，感情就是不理性的。

對比起你們那「看破紅塵」的言論，我更想聽到的是「辛苦了。」、「無論如何我都會聽你說。」、「你已經好努力了，慢慢來吧。」

但事與願違，我所得到的是「你還有甚麼不明白？都跟說過好多次了，他就是一個渣男。」、「他根本不在乎你。」、「你還找他只是自取其辱。」

慢慢地，即使自己再因情而傷心，也不想說了。因為我已經知道他們的反應，我更知道所謂的傾訴最後只會淪為辯論，吵架。

算了，已經夠累的了。

## //

朋友們，不用再勸我了。

你們說的我都知道，甚至比你們更清楚，你們所罵過的，我罵得比你們更狠，我也痛恨這個卑賤的自己。畢竟痛苦的人是我，我也不想這樣，我也會心疼自己。

但⋯⋯我就是做不到啊⋯⋯

這使我悲傷。

我仍會因為他發的一個動態而胡思亂想；仍會因為他一句說話而影響一整天心情；仍會為他回訊息的速度而忐忑不安；仍會在周末幻想他會否和心懷不軌的人約會。

　　我希望每天都下雨，那麼他就不會和誰外出；我希望永遠沒有晚市，那麼他就少了一個外出的理由；我希望……

　　我很懊惱，但我不能否認，即使分開了，我的情緒還是被他牽動。

　　我甚至會幻想，哪天他會回心轉意，我們可以重修舊好，所以我覺得自己要「堅持」，那樣就可以等到他的回頭。

　　「他做到如此絕情，你也知道沒有可能的。」

　　我當然知道，我最後得到的只會是一個冷酷的背影。

　　但這些幻想，是支撐我生存下去的一點點「動力」，我知道是假的，但我真的未有心理準備去承受。

　　你說我無用也罷、執著也罷，我就是做不到。

　　現在先讓我這樣……好嗎？

//

　　「都這麼久了，為何你還是這樣。」

這是聽得最多的一句話。

但在失戀的人生活中，時間是不一樣的，時間只是一個數字，一切都不實在，除了那不知何時出現的痛苦外。

每一分一秒都是煎熬的，每一天醒來的時候，我都充滿害怕，因為我不知道今天又會收到甚麼訊息，又或是看到甚麼動靜。我每天都過得提心吊膽，如果那天沒甚麼事情發生的話，已經很好了。

當然，總有那麼一兩天會發生一些挑動情緒的事，比如從朋友口中聽到他和哪些異性走得近；比如看到一些似是而非的動態；比如突然的冷漠。這都使我們痛苦，因為我們甚麼都做不了，只有承受，而且我們不知道這些日子甚麼時候到來，每天都過得膽顫心驚，甚至不敢開心，因為我怕開心過後，跌得更痛。

每天都如坐針氈，一個星期就這樣過去。

轉眼間又一個月了。

當每天都只有痛苦的時候，每一秒都過得好慢；但因為所有時間都只有痛苦，所以時間也過得好快。但時間改變了很多，又甚麼都沒有。溫度的轉變，街上的落葉，時刻提醒著我時間一直在流逝，然而內心的痛苦卻如第一天那麼猛烈，甚至更甚。

我好像習慣了這種痛。

甚至有些時候我心情不錯，我也會立即質問自己，「**你高興甚麼？**」、「**有甚麼值得高興的？**」、「**你追回對方了嗎？**」、「**對方有理你嗎？**」我知道有點病態，但除了得到他，我覺得沒甚麼值得高興的。

我覺得，我病了。

不會好的那種。

//

朋友們，不用再勸我了。

我很清楚自己在做甚麼。

我犯賤，但也別無選擇，畢竟動情之人都是卑微的。

喜歡一個人，不會隨分開而終止，因為喜歡是一個人的事，若果二人能夠走在一起。是幸福；不能走在一起，是不幸；而曾經在一起，最後卻又分開的，更是痛苦。

朋友們，這真的不是一句「**快點 move on**」就可以做到的事。

有時我會想，如果一個人可以這麼快就走出來的話，好像也不是真的那麼愛。我總覺得，愛情好像一定包含痛苦的，沒有痛苦的愛情，就像沒有作弊過的中學生涯，是沒有問題，但又怪怪的。

所以這麼痛也是應該的，我覺得是愛情的一部分，代表我有多喜歡

他。而且這種痛，好像是我和他最後還可以連繫的方式，如果哪天我不痛了，放下他了，我和他就真的完了。

但我不想完。

我想放下痛苦，但不想放下他。

所以朋友們，不用再勸我了，我知道你們很想罵我。但算了吧……因為我都已經試過了，我也勸過自己，但我真的做不到。

甚至我會覺得，這樣挺好的。

**就當我是執迷不悟的垃圾吧。**

# | 時間與新歡 |

**失戀有兩種解藥：時間與新歡。**

有些人選擇時間，有些人選擇新歡。

我相信大部分人都選擇過新歡，以前的我也是。

失戀故然傷心，但到某刻會發現，這些傷心只有自己知道，在那些寂靜的夜晚中，沒有人會可憐自己。

不，也許有朋友會知道、會可憐的。只不過……心底裡最在乎的那個人不知道，那麼一切就沒有意義了。

其實……我更知道，即使他知道了，也不會因此回心轉意。

也許……我會因分手而哭，但他卻可能鬆了口氣。

在那些無眠的晚上，當我回憶著我們過去的點滴時，也許他早已和別人談論著他們的未來。或許在說去哪兒玩？或許在討論去哪間餐廳吃飯？又或許在選擇去哪間酒店過夜。

是啊，這都是也許，這都是猜想，因為我不知道，我沒這個資格。

真可笑。

但我還是控制不住用一晚又一晚的時間去猜想。

所以很多人會告訴我：不要吃虧，找個新對象。

對啊，失戀乃是平常之事，誰沒有過一兩次失戀？然而時間是寶貴的，與其在這傷春悲秋，倒不如抓緊時間出去物色新對象。

反正對方也不會在乎。

有時甚至覺得要比對方更快開展新戀情，這樣才不蝕底。

這種感覺就像看劇，當時我看完了《魷魚遊戲》後的空虛感，令我渾身不自在，好像失去了甚麼似的，所以我通常立即又會再找另一套劇看。

不合適的再找、再找、再找、再找，找到合適為止。

找著找著，看著看著，那空虛感也就不存在了。

其實那是甚麼劇、甚麼人，重要嗎？不重要。重要的是新鮮感，新鮮感可以讓我分心，帶給我未知的刺激感，不再沉醉在過往的那道身影上。自己不用輪迴地痛，都不知道這是痛給誰看，又沒有人在乎，只是在浪費自己時間。

這招挺有效的，夠快。

甚麼愛不愛的也不是怎麼重要，反正最後還不是會離我而去，倒不

如自私點，有人要我就好了，有人對我好就可以了。

不管怎樣，這都比自己在被窩裡哭得死去活來要好。

## //

但人愈大，卻慢慢不這麼認為了。

我不是不想找新歡，而是再做不到了。

不要說找新歡了，和異性有多點接觸，我也覺得在背叛你。因為即使分了手，我仍然愛你，仍然覺得自己屬於你。

在時間與新歡之間，我根本沒有選擇。

我知道，這樣很傻。

我知道，那些夏天就像青春一樣回不來；我知道，那些甜蜜的回憶就像你的背影一樣漸漸遠去。

但我寧願頹廢、寧願行屍走肉、寧願任由對你的思念充斥腦袋，任由這種情緒侵佔身體，也不想找新歡。

雖然新歡可以令我分心，但這不能讓我忘記你，當新鮮感一過，你的身影就會再次出現，那種孤獨與寂寞使我窒息。

你不是一套劇，你是我愛過的人。如果立即可以有新歡的話，那麼

這份感情，也太兒戲；而這個自己，也太無情。

沒有人可以取代到你的位置。

我還很想你，我會幻想哪天我們還會在一起，即使我知道也許再沒有可能，但我還是會這樣想，我不知道這種狀態還要持續多久，但我還是會繼續遵守和你的約定，直到哪天我放下，又或是哪天你回來。

在這些時間中，我走過那間餐廳時，還是想起了你；路過那條街道時，會下意識地迴避；偶爾看到我們的照片時，還是會紅了眼眶；看到我們最後的對話時，還是整晚都睡不著。

你的離去，給予我很多痛苦，甚至我以為自己不會再好起來的，我也想過自己可以抽身，但我就是做不到，我還是想你回到我身邊，我還是只想要你。

甚至……我有點享受這種感覺，這讓我覺得自己和你之間還有某種連繫，我們還未完結，即使那充滿痛苦。

你說，我是不是很傻？是不是很浪費時間？是不是很廢？

是的，我也覺得是。

有時我會想，是我沒有以前那種灑脫了嗎？還是這就是長大？

我不知道，也許這就是真正的愛過吧。

但動情者哪有選擇，在時間與新歡之間，我只有時間，即使當中滿是苦水。

而且我覺得⋯⋯曾經的愛情有多美好，失去時就會有多痛苦。

**我應該慶幸，在時間中還會這麼痛，因為那代表我有多麼愛你。**

# | 不想再失去了 |

**十多歲的時候，我覺得戀愛不過是和異性進行不同的「活動」，比如逛街、吃飯、牽手、接吻、做愛等。**

所以我不怕失去，因為分手代表物色新對象，我想和不同人進行這些活動，而且誰沒有分過一兩次手？

那時分手對我最大的感受……就是期待下一個對象會是怎樣。

朋友說：「去吃自助餐總不能只吃一樣食物吧？」

沒錯。

這麼多漂亮的女生，怎麼甘心只擁有過一個？所以當時的我對於感情，不過是集郵心態。

只不過，是我以為而已。

當每次都說著同一樣話、做同一樣的活動、吵同一樣的架、用同一樣的借口結束時，就會覺得……沒有意思、乏味。

是沒有新鮮感了嗎？不會啊，每次對象都不一樣，但……為甚麼我會覺得都一樣？

為甚麼明明有人陪伴，但空虛感卻愈來愈重？

但怎樣才有意思？我不知道。

//

人一生，總會遇上一個讓你知道甚麼是愛的人。

我遇上了。

沒錯。

我從沒如此認真對待一個人。很多人害怕沒有新鮮感，但於我而言這並不存在，我不在乎可以和她做甚麼，我只在乎她是否在我身旁，每天睜開眼，看到一縷陽光照在她臉上，是我每天的動力。

熱情是你，平淡也是你，春夏秋冬也是你，我的心就像小船泊岸，那種靈魂多了一個影子的感覺，很特別又很甜蜜。

原來真的喜歡一個人會是這樣的。

然而有多快樂，就有多痛苦。

沒錯，人一生，總會遇上一個讓你知道甚麼是愛的人。

只不過，那個人讓你明白的方法……是離開。

原來愛不只有幸福，也會有痛苦。

//

真的喜歡過一個人後，就再也回不去以前的狀態了。

有時候，我也不知道在感情中認真，是好還是壞。我只知道自那以後，每段感情都是一場賭博，每次都重新向對方由零開始認識自己，了解大家的過去、思想及價值觀，磨合大家的相處模式，好不容易熬過一些年頭，以為可以修成正果時……

她說：「分手吧。」

又是這樣。

愛情說得那麼神聖，為甚麼我會覺得那麼兒戲？

簡單的三個字，就可以把累積下來的感情，一下子扔進深淵。對曾經愛過的人拋諸腦後，即使你在他身後痛得撕心裂肺，他也可以如過路人般不聞不問。

一次又一次。

這到底是我的命運，還是報應？

還是愛情就是這樣？

不認真談戀愛又空虛，認真談戀愛又輸得一塌糊塗。

這真的很煩，原以為愛情會是生活上煩惱的調劑，但後來發現愛情就是生活上煩惱的源頭。

但我沒有選擇，愛情就像毒品，即使它讓我嘗過多少的痛，到底我還是想擁有一份愛。

只不過一旦認真了，就只有不斷輪迴。

## //

所有東西都有限度，包括痛苦。

即使多麼大的熱情，也總有冷卻的一天；即使多大的渴求，也會有累的一天。

愛情的確很美好，但失去時的痛苦卻令人心有餘悸。我們最刻骨銘心的愛情，哪個不包含外人難以理解的痛苦。

久而久之，我們會很累，因為真的不想再花這麼多時間給一個人，然後只換來某天他絕情的背影。

同時也很痛，因為真的不想再承受多一次那種傷害，每一次都以為這是自己可承受的極限，每一次都以為自己會熬不過去，每一次都以為自己不能再痛，但原來痛是不會麻木的，它是一個無底洞，也沒有極限。

慢慢地，我們會恐懼。**顧城**在〈避免〉中說：

你不願意種花，
你說：
「我不願看見它
一點點凋落」
是的
為了避免結束
你避免了一切開始


所以有些人選擇單身，不是因為他們不想談戀愛，不是不想被人愛，而是沒有勇氣再面對多一次失去，所以沒有勇氣去開始。我們不要作好心去勸導，因為我們不知道他們經歷過甚麼。

只不過感情是魔鬼，我們不能控制自己的動情，這一天總會來臨的。但我們還是會緊緊地握著他的手，不讓命運奪去，因為⋯⋯

**真的不想再失去了。**

# ｜動情者｜

**感情世界中，動情最傷人，傷人在情緒。**

當我們愛上一個人，就是把情緒的控制權交到對方手上，喜怒哀樂由此刻起，都因對方的一切而牽動，他的秒回、他的關心、他的早安，都使你幸福。他的「嗯」、他的「**好忙**」、他的「**睡了**」，都使你胡思亂想，難以專心。

情緒有一條線，動情者會把它繫在對方的背影上，他愈走愈遠，我們愈來愈痛，但在他回頭的時候，我們還要擠上笑容說：沒事。

我有時候會覺得，在感情世界中，情緒這東西真的很犯賤。

又或者說，在感情世界中，我覺得這樣的自己，很犯賤。

犯賤於自己的動情；犯賤於自己的不自控；更犯賤於有時候其實對方根本不知道自己的情緒，自己卻在那死去活來，我覺得自己像瘋子似的。對方一次又一次的傷害，自己一次又一次的貼上去，我又會覺得這樣熱臉貼冷屁股的自己，很廉價。

動情最傷人，傷人在情緒，更傷在對方不知曉。

不知道你們有沒有過這樣一個晚上：躺在牀上，睡不著，睜著雙眼，看到的是他，閉上雙眼，看到的仍然是他，但這個他不是給你幸福快樂

的他，而是讓你絞穿肚腸的那個他。

情緒像汪洋，你的身軀慢慢被淹沒，你像在大海中浮沉，你無法呼吸，你想張嘴求救，但從水的倒影中發現，原來在這片天地中，在這一刻，一個人也沒有，除了自己之外，沒有人知道你的痛苦，包括那個他。

他不知道你的情緒，是因為你根本沒有想過告訴他，可能你會覺得，因對方而起的情緒，卻不敢告訴對方，聽上去好像不合理，但這是動情者的唯一辦法。明知對方絕情，但還是不想攤開來說，或許因為不想聽到那些明知道的說話，或許因為不想對方真的消失在自己的世界中，所以可以一忍再忍，一忍再忍。

動情者的生命力真的很頑強，所以可以承受到很多痛苦。又或者這樣說，他們都很容易放大一些微乎其微的所謂希望，只要有一丁點的可能性，他們就會覺得只要「堅持」下去就可以了，又或是現在自己的離開是錯過了「機會」，其實這不過是借口，讓自己能承受一切痛楚，苟延殘喘的繼續下去。

動情者都是卑微的，因為他們失去了自己。

他們的理性被壓制，雖然他們有很多借口去騙自己，但你以為他們真的是當局者迷麼？不，他們或許比你更清楚，朋友們安慰的、責罵的說話他們不知道嗎？知道的，甚至他們比你罵得更狠，只不過他們真的做不了。

因為動情最傷人之處，在於情緒不再自控，他們就像木偶一樣，眼睜睜的看著自己迎上刀尖，感受到穿心之痛，但卻甚麼都做不了，痛楚還未消失、自己才剛從刀口上抽身，卻又再次迎了上去。明知會痛，卻又控制不了，這才是動情者最痛苦的，他們就像反覆做著一個沒有麻醉的手術。

到最後，動情者發現其實沒有人可憐他的這些遭遇，又或者這樣說，他們無視了其他人的可憐，因為他們唯一想可憐自己的只有一個人，但對方沒有。最後，只有自己可憐了自己，在那一刻，他們才會勇敢扯斷那條線，有人說那一刻的勇氣在於儲滿絕望值，也有人說那一刻是傷心到極點，我不知道，反正那一刻，動情者已是遍體鱗傷。

我相信有一部分選擇單身的人，只是為了想愛多點自己，因為他們明白到，對自己真正不離不棄的，只有自己。

這是一個很殘酷的現實。

不，這是現實。

或許很多人覺得這是一個自私的想法，覺得不付出感情，又怎麼換取別人的真心。曾經的我也是這樣想的，但現在我明白了。

因為又有誰看過，

**曾經，他們動情的時候，像狗一樣。**

# | 分手會痛，不是必然的嗎？ |

不少人分手後向我訴苦，這些是我聽得最多的說話。

「分手一個星期了，我還是每天都哭。」

「分手一個月了，我仍然想念她、想找她，真沒用。」

「三個月了，我還未放下她，我是否一世也走不出來了。」

「四個月了……」

這不禁令我感到疑惑，疑惑的點不是他們為何還未走出來，而是覺得……

分手會痛，不是必然的嗎？

//

不知道從何時起，人們覺得愛情是世界上最快樂的事。

很多人從小就憧憬愛情，覺得擁有了愛情等於擁有了幸福。

當然，我也這樣認為過。

或者這是人與生俱來的錯覺吧。覺得愛情很美好，這話其實無錯，

能夠得到自己心愛之人的回應，可以牽著他的手，感受著他的體溫和唯一的愛意，怎能不美好？但如果對愛情的理解，只有這句話的話，卻又未免太天真，甚至是貪心。

我覺得愛情是包含痛苦的，而這份痛苦正正建基於美好。

就把愛情當作毒品，吸毒時得到前所未有的快感，但當毒品離開後，卻發現已染上了癮。毒癮發作時，那份難受往往和之前的快感不成正比。不過愛情比毒品更甚的是，吸毒者尚且知道那是毒品，但愛情，人們覺得是糖果。

當然，用毒品來形容愛情多少有點負面，因為毒品必然有害，而愛情則有機會白頭到老，比如我們常常聽到：

「你看誰人誰人，在一起五十年仍然恩愛。」

「你又看誰人誰人，他們是大家的初戀，現在連孫都有了。」

但我又會想……這不就是愛情令人上癮的地方嗎？

所以正確一點的話，愛情是一場賭博。

大家都希望有一份至死不渝的愛情，但賭本不是錢，而是眼淚、睡眠、無力、崩潰、情緒、黑夜。

有賭必有輸，這個世界又有多少賭神？

//

愛情的快樂，累積著日後的痛苦。

愛得愈深，分手時就愈痛。

這些說話相信很多人都知道，但他們往往只知道表面意思：「分手會痛。」卻不知道那種痛是怎樣的。

在那些沒有他的晚上，你沒有心情看手機，也睡不著，所以你又想起了他。

但和以往不同的是，以前想他了就直接找他。

現在想他了，就只能想他。

然後你百無聊賴地看著手機，一則則限時動態在指間滑過，然後在他友人的 IG Story 中，看到他的身影。

「他好像過得挺好呢。」

分手的痛，有時候就是只有你痛。而對方卻過得好好的，你不知道自己痛給誰看，根本沒有人可憐自己。

這樣就更痛了。

分手的痛也很愛捉弄人，它總有那麼一兩刻讓你以為自己好了。

你覺得好一陣子沒想起他了，你好像看到他的動態沒感覺了，然後當你放下心防，準備迎接新生活時，它就會出來呼你巴掌。

當你走過那條街、等過他的那個位置、吃過的那間餐廳、聞到的那陣香水味、聽到的那首歌、看到有你不認識異性出現於他動態等等。

一瞬間，你又打回原形，繼續在痛苦中輪迴。

//

人們對於分手的痛，不單不知道是怎樣，更不知道會持續多久。

很多人覺得一個月、三個月、六個月，還未能走出來，就感到苦惱、覺得自己無用。但我覺得⋯⋯這不是很基本的嗎？怎不想想在一起時有多快樂？

也許是我想法極端，總覺得所有快樂都要「還」的。在一起時的快樂，都是分手後的子彈。

愈快樂，刺得愈深。

而且愛情的痛，亦無關二人在一起的長短事，很多人說：「我和他才數個月，為甚麼我現在還那麼傷心？」

因為愛情從不是一條數學題，更不是一條公式，分手後痛苦的時長，並不與在一起多久有關。我有位朋友，和另一半由相識到分手只有一個月，但卻傷心了好幾個月。他問我為甚麼。

我説：「那是因為你有認真對待及付出過。」

有時候，痛苦持續到某個位置時，人會習慣了的。

又有位朋友，和男朋友分手都已一年了，互相沒有聯絡。

她口中一直説要放下，又説討厭他，但卻一直看關於他的事，句句不離他。

其實我知道，她是習慣了。

如果突然沒有了痛苦，反而會不自在、少了甚麼似的。更甚者，有些人會透過這種痛苦，來覺得自己和對方還有聯繫，成為了一種執著。

這種痛苦最難解，因為想放下是真的，但那種執著中，只淪為了口號。

所以我覺得愛情，並不單指中間甜蜜的部分，也包括分手後那段痛苦的日子。

但人們卻往往把兩者分割開來，只想接受甜蜜，抗拒分手後的痛苦，所以我們常常聽到：

「為甚麼會這麼痛？」

「為甚麼我要承受這些痛？」

有時候我聽了也哭笑不得。大哥大姐，真的沒有為甚麼啊，愛情本就是這樣。

你以為那種「痛」，只是走走形式，幾個月就自自然然好了嗎？

不會真的那麼天真吧？還是你太貪心了？

## //

就算以前分過手，也不代表自己能承受得了一下次。

多少人以為自己上一段關係也能熬過來，那種痛苦把自己打造成更堅強的人了，就不會再令自己受多半點兒委屈，之後的感情會更謹慎。

命運就愛對這種人開玩笑。

它看你好得七七八八，開始有自信了，就會派一個新的人給你，讓你知道愛情的痛苦沒有極限，只有你未知，以及未經歷過的而已。

所以有些人不想談戀愛，是可以理解的。

畢竟分手會痛，是必然的。

而且不知道會痛成怎樣，更不知道會痛多久。

這是否叫愛的代價？

我不知道。

但愛過、開心過、幸福，最後分手了，又要不痛苦，天底下哪有這麼便宜的事。

人一生，總會遇上一個

讓你知道甚麼是愛的人。

只不過，那個人讓你明白的方法⋯⋯

是離開。

原來愛不只有幸福，也會有痛苦。

「分手了，真的不可以做回朋友嗎？」

這是分手後聽得最多的話之一。

說這句話的人有兩種：

一種是賤格的賤，

一種是犯賤的賤。

# 第三回

# 怎麼死

我已經盡了一切能力去活著，

但終究還是痛苦。

人生於世上，是注定痛苦的，

死亡也是注定的。

我們不能完全超脫，

只能盡量消卻死亡的影響，

盡量為死亡做準備。

# | 為甚麼你還未死？ |

為甚麼你還未死？

這是五十年後的我，回來對我説的第一句話。

「我為甚麼要死？」

不然呢？

「沒甚麼不然啊，無緣無故的死甚麼？」

那無緣無故的，活甚麼？

「也不用這麼極端吧，我的確很灰，但也未至於這樣吧？」

嘿，那你以前也沒有這麼不開心啊。

「你這是詭辯。」

是麼？

「不然呢，一開始就叫人死。」

呵呵，你喜歡吧。

談過幾次戀愛，最後都被分手了；喜歡過幾個女人，但她們都喜歡

了別人；花了十萬讀了個碩士，最後和沒有讀差不多；薪水連平均值都不到，每天想著轉工，卻又每天都沒有轉。

唯一有點意義的就是寫文章吧，但這又能如何？愈寫愈迷茫，愈寫愈不滿意，每到星期三仍未寫出文章時，就會焦慮，甚至煩躁，你現在應該常常想著「不如算了吧」，但如果真的算了，自己就真的要承認自己是垃圾。你會形容為……輪迴。

是這樣吧？

「……」

是這樣的，因為我就是你。

「那也不至於去死吧？人生不都是這樣，起起跌跌的。」

不。

你錯了，是只有跌，沒有起。

「甚麼意思？」

你活到現在，靠的，是那莫名其妙的相信吧？

老實說，你挺正面的，也挺積極的，現階段的你其實沒有真的那麼討厭自己，也沒有自己想像中那麼不堪，甚至有不少人覺得你不錯。所以你也挺喜歡這樣的一個自己，你覺得一切仍有轉機，一切還可以努力。

你時常想，或許未來會變好呢？或許會有人欣賞呢？或許會有人愛你呢？或許自己真能以自己喜歡的束西過活呢？

哈哈，你是不是這樣想。

「……」

是這樣想的，我就是你。

或許或許……這是你的口頭禪對吧？所有的或許，都不過是一種希望，對未來的希望，因為你還年輕，你還有很多時間，你對未來還有一定程度的渴望，即使你現在覺得已經過得很苦。但年輕就是這樣，可以對未來有幻想，但還有資格盲目去相信，這一切都會好起來的。

但我可以告訴你，不會好起來的。

「……」

我來告訴你，你的以後吧。

「……」

25 歲以後，即是現在起，你所談的戀愛，沒有一個會修成正果，其中三個會出軌，你的不安全感會變得無窮大，你不再相信任何人，所以又有一個是被你這種疑神疑鬼嚇走的；後來你有喜歡的人，但你花了三年，最後只得到一句對不起。到了 38 歲，你還是孤身一人，那時你開始知道，這一輩子也就這樣了。

對了，你的確有轉到工作，但怎麼轉其實處境也沒有改變。到了46歲，還是儲不到錢，還是買不到樓，以前朋友總是和你一起在怨活著好難，但最後他們都過得比你好。

你所謂的上進心，怎麼也趕不上這個社會的變化，你的所有努力，不過是維持你現在的位置罷了。

就連你那稱之為唯一意義的寫作，也早放棄了。那不過是小朋友玩意，畢竟連生活也快不行的時候，還有甚麼好寫呢？

你的讀者？算了吧，其實沒有了你，他們也沒有太大改變，這個世界沒有誰不能沒有誰，更何況你一個網絡上的人。

在這個世界，所有事大家都很快忘記的，沒有人會記得馬尼拉人質事件死亡的香港人，也沒有人會記起南丫海難的人。喔，有的，死忌那天吧。

但你呢？他們會在哪天記起你？

一年，兩年，大家就會忘了你，大家都有自己的生活。

你真的不是很重要的，還是好好生存吧。

不過挺佩服的是，你所預視的都實現了，只是無法改變罷了。

「這……真的是我之後的人生？」

是的，因為我就是你。

你將會十分孤獨，比你現時想像中的孤獨還要孤獨。

對了，你知道甚麼是真的孤獨，真的無力嗎？年輕的我啊，也就是你，你以為你明白了，但其實是沒有明白的。

雖然你老是把這些掛在嘴邊，但在我現在回首看來，你還是一點兒都不懂。身處綠洲之中，任憑想像力怎麼豐富，也感受不到在沙漠中快要渴死之人的一點痛苦。

「為甚麼你要告訴我這些？」

我想告訴你，現在這一個你認為最糟糕的一刻，已是你人生最美好的時光了。

因為你還有朋友，還有家人，你的生活還算有色彩的，同時這些都是你的羈絆，所以有時候即使你想死，你也不敢死，因為你怕他們傷心。

我知道的，因為我就是你。

但慢慢地，他們都會離你而去。

「我還要照顧我的父母。」

放心，我會讓他們忘了你的，他們將不會痛苦。

「……」

「那你呢？」

我就是你，我會伴你一起死去。

「為甚麼？」

我已經受夠了，但我想你在最美好的一瞬死亡。

我時常在想，其實命運早已注定，但如果一個人知道了他一生的命運？他又會如何決定？你不是一直很想知道麼？我這就回來告訴你。

沒錯，正如**張愛玲**所説的，生命只會愈來愈差，比想像中的差還要差。反而死亡，倒是一了百了。

是啊，日後沒有人伴在你左右，沒有人關心你，沒有人愛你，沒有人注意到你的離開，更沒有人因為你的離開而傷心。

你就像黑暗角落中最不起眼的生物，每天做的不過是維持自己的生命，以及懷緬過去還有色彩的時光。

**那麼你告訴我……為甚麼你還未死？**

# | 活著毫無意義 |

**我看著天空，眼前飛過一隻黑鳥。**

也許是注意到我的凝視，牠在我頂上盤旋了一會。

我問：「你快樂嗎？」

牠沒有回答。

我再問：「那你覺得我快樂嗎？」

牠只是抖了抖黑色的羽毛，還是沒有回答。

我再説：「如果我從這裡跳下去，你會把我載到遠方嗎？」

黑鳥好像瞄了我一眼，冷冷的，然後飛走了。

天空一無所有。

## //

我對影子説：「你可以把我殺死嗎？」

影子回答：「為甚麼？」

我答：「我想死呢。」

影子再問：「為甚麼？」

我點了一根香煙，吸了一口，呼出。

「活著……毫無意義。」

影子説：「也許你該想想你愛的人，以及愛你的人。」

我苦笑了一下：「其實我挺討厭愛這東西，我想死，但卻因為愛而不能死，我怕死了他們會傷心，所以我一直活著，然後一直痛苦。」

「有時我會想，愛是痛苦的幫兇，就似毒品，它會令我無比快樂，但亦無比痛苦。我愛的人會背叛你；我的朋友會疏遠；我的家人會死亡。這個世界，所有的愛都會離我而去。」

影子不置可否地説：「如果像你這樣説的話，活著的確挺沒有意義。」

我笑了笑説：「或許這個世界根本沒有活著的意義。」

影子似笑非笑的看著我：「嗯？説説看。」

「人們總愛把生命説得多麼的偉大，活著又多麼有意義，然而活著這回事，從來不到我們選擇，我們還要吹捧它、歌頌它，甚至努力的成就它，我覺得很可悲。」

影子翹著手，淡淡地説：「但別人都有活著的意義。」

我沒有理會：「又或者說，那些所謂的意義，沒有我們想像中的那麼高大上。因為我們沒有選擇，所以才找個理由，也是所謂的意義，讓自己好好的活著，讓自己覺得活著有意思。」

「於我而言，活著本來就毫無意義，你懂嗎？」

影子默默地聽我說完：「我不懂，我只是一道影子。」

我揮了揮手，哈哈一笑，示意不要緊。

//

影子說：「既然已經活著了，那讓自己快樂地過一生，也是無錯吧？你這也未免太極端。」

我說：「我也知道這樣有點極端，但我覺得這個世界也很極端，甚至是這個世界的造物主很極端。這使我懊惱。」

影子問：「甚麼意思？」

我回答道：「我們都習以為常了。」

「你有想過嗎，為甚麼要日出而作，入夜而休？為甚麼我會傷心，為甚麼我會流淚，為甚麼人會有情緒呢？為甚麼我又是人呢？」

「就算我是人，那為甚麼要由充滿理想的少年，變成舉步艱難的老人？為甚麼不可以像電腦關機一樣，到某個時候我就死了？為甚麼我要

看著自己慢慢老去，直至死亡？」

「到底在這一切所謂正常的背後，還存在多少荒謬？」

我遲疑了一會：「又也許這一切都是假的，只有是假的，才會這麼矛盾。」

「嗯？」

「試想一下，如果我們的大腦被放在一個缸中，接駁著很多電線，連入一部儀器，儀器放甚麼畫面，大腦就看到甚麼畫面，那麼大腦會發現自己看到的都是假的嗎？」

「你是説我們都是假的？」

我沒有直接回答：「如果這一切其實都是虛假的，我們的存在還有甚麼意義？」

「我們覺得是自由的意志，原來都不是自由的，而是注定的，那活著還有甚麼意義？」

「我們這一生遇到的人、一切的愛和恨，所有的相遇與別離，包括今天和你説這番話，原來都是注定的，那有甚麼意義？」

「你的開心不是真的開心，她的愛也不是真的愛，我們只是把一個早已寫好的劇本演完，一切都在最開始的時候就注定了。」

「那我還有我嗎？」

影子説：「但你無法證實這是假的。」

「反正我是這樣想的。」

//

影子説：「你這樣很辛苦。」

我點了點頭：「所以我才想死。」

影子看了看我的身後，笑了笑説：「從這裡跳下去吧，一定可以死的。」

「是嗎？」

我也跟著看了看身後，由遠至近的路人與汽車聲隨即傳來。

影子的聲音從身後傳來：「是的，從這裡下去大概也就數秒，若果撞到那些晾衣服的架子，腦袋或心臟被刺穿了，那就更快。不過怎麼説，從這裡跳下去是最方便的了。」

我搖了搖頭，回過身對影子説：「你就當我是懦夫吧。」

「嗯？」

「我也知道從這裡跳下去會死，但我就是沒有那個勇氣。」

影子好像被我的答案惹笑了：「沒有勇氣死，為甚麼不好好活著。」

我笑了笑説：「因為我更無勇氣活著，每個人的生命都不同，有人活得好好的，有人不枉此生，但奈何我不是。」

「我已經盡了一切能力去活著，但終究還是痛苦，這裡於我而言就是一個牢籠，每天都是一個新的輪迴，我更不期待所謂的未來，它只會像這天空那麼灰，我想結束這一切。」

「活著本是一個尋死的過程，我只是把這件事提前降臨。」

「你懂嗎？喔，我忘了你只是一道影子。」

影子沒有回答，太陽已到我的頭頂，影子亦慢慢走進我的體內。

影子 / 我説：「現在我們都一樣了。」

## //

城市的嘈吵聲依舊，我相信無論十年後，二十年後，五十年後，都總會有這些聲音存在，只不過那裡的人不一樣，但彷似他們的祖先。

但到了那一天，已然沒有我的事了。

聲音由遠變近，一切都愈來愈接近，也愈來愈遠。

此時天空飛過一隻黑鳥，然而沒有人注意牠的出現，有人沉默著生活，有人快樂地活著，有人懷疑這裡發生的一切。

**天空還是一無所有，彷彿甚麼都沒有發生。**

# ｜想怎麼死｜

**大家有沒有想過，自己可以活多久？**

**又或者，如果可以的話，你們想甚麼時候死、怎麼死？**

**我有，而且經常。**

我家樓下有一所護老院，每天都會路過。上班的時候，正好是老人家們送往身體檢查的時間。他們就這樣安靜的坐在輪椅上，有些在昏昏欲睡，有些好似在思考甚麼，反正他們都不吵不鬧，等著護士推他們上車。不知何故，每次看到這個情境，我都莫名的心酸。

我在想：他們能活著離開這個地方嗎？我到了這個階段時，會是甚麼心情？

每個人一出生都是在等死，但每個人一生都在經歷不同階段，幼稚園、小學、中學、大學、公司，這些都是新開始、新挑戰，考到好的中學、進入大學、投身一間好的公司、退休生活，每一個場景都是不同的階段，所以我們常說：「步入人生新階段」，那護老院，是一個甚麼階段？

試想像一下，你去到的那個地方，是直到死亡的，是沒有之後的。你離開之時，就是你死亡之時。你唯一可以做就是等，等死。

那是最後階段。

死亡的可怕在於未知，人類的絕望在於無力改變。我們無力得知死亡的到來，也無法逆轉死亡的事實。恐懼在於我們明知那是一個等死的場所，但卻無力改變。

要是我，我一定充滿無力與恐懼。

但如果可以選擇，我會想甚麼時候死？

如果可以選擇，我會希望自己能在身體機能衰老之前，在睡夢之中安詳離死。倪匡和蔡瀾曾說過：「死亡是一定會發生的，但最怕是死得辛苦，或是死亡的過程很長。」無錯，安詳很重要。最好是神不知鬼不覺，在我沒有心理準備之時，就這樣離去。

但這也太理想了，可遇不可求。

我不喜歡等死的感覺，我不喜歡人老後，那種對於死亡的無力感，看著自己一天天的衰老，行動力一天天的減退，最後連自理能力都做不到，每天讓人推出推入。

於我而言，這不是活著。

但如果不幸真的有那麼一天，又或是我預視到會有那麼一天，可以選擇的話，我會想自己主動選擇死亡。

早前我看了一個片段，那是台灣知名前電視主播傅達仁，他因為罹患末期癌症，最後決定到瑞士協助自殺組織尋求結束自己生命。

片段中他穿著筆直的西裝，精神抖擻，沒有輪椅沒有輔助器，一點也看不出罹患末期癌症，而身邊的親人也身穿盛裝，地點不是醫院，更像是高級的酒店。若非知道這段影片的內容，還會以為這是出席甚麼名流的宴會。

他與工作人與傾談了一下內容，與家人交談幾句，坐在沙發上，至親陪在左右，工作人員交待藥丸要一口吞下去，他拿著水杯，有條理的說出他的遺言，最後對著鏡對頭舉杯，笑著說：「再見。」

藥丸吞下去，身旁的人唱著奇妙恩典，家人更拍手鼓勵說：「很棒，不痛，我們愛你」。最後他睡倒在自己兒子懷中，安詳離死。

這段影片我看到的不單是死亡，我看到的是尊嚴。

人都是貪生怕死的，但在病牀上，插滿喉管無力自主維生，意識飄渺，無力的等待死亡，每一天都只是沒有意義的苟延殘喘。

與其這樣，不如我主動召喚死亡。

在我至親的人陪伴下，感受他們的愛意；在我還能精神的行動下，穿著我喜歡的衣服看看風景；在我還能有咀嚼能力下，吃一頓美味的佳餚。飲飽食醉，我所愛之人在旁，自己還擁有最後的行動力，人生如此，足矣。就在這一刻，如此美好及圓滿的一刻，主動結束吧，為這一場盛宴畫上一個句號，熱鬧之後是落幕，我就把這刻熱鬧，為我一生的最終。

這是我渴望的死亡。

死亡，如果你是一個人的話，我會對你說：「別焦急，我就在這，我來了。」

# ｜我想死在一場空難｜

**我時常幻想，如果可以在一場空難中死去就好了。**

大家都很喜歡旅行，我也很喜歡，但我喜歡的原因可能和大家不一樣。大家可能喜歡去那個國家、去看甚麼景點、吃甚麼好東西，重點好像都在那個地方上。

但我喜歡的，是去那個地方的路途上。比如坐巴士到機場的路上，又或是乘搭去目的地的那一程飛機。

不知道為甚麼，對於將要去的目的地，我沒有太大感覺。嗯……或許有的，畢竟有些地方還是想去看看。但無論如何，我覺得旅行最大的意義並不在那個地方，而是一種心態上的意義。

逃離。

在這瘋狂又扭曲的城市中，我們都被壓得喘不過氣來。只要仍身處在這個城市，就得不到真正的放鬆。一切就像一個輪迴。

有時我覺得我們都被洗腦了，覺得這些痛苦是正常的，這個世界就是這樣，充滿壓抑。但有時候抽身出來看，我又會覺得，好像只有香港才是這樣。

其他地方的樓價會如此驚人嗎？其他地方的工時會如此長嗎？其他地方的人民會活得如此壓抑嗎？

在香港，大家或多或少都活得像一個精神病患者。

就算死，也好像死得沒有尊嚴。

香港就像一個牢籠，囚禁著、消磨著我們的意志。而旅行，就像一場假釋。不管去哪裡，只要不在這個牢籠就好了。

逃離這個煩擾的城市，逃離那些沉悶的工作，逃離那些討厭的人及事，即使那是一個陌生的地方。沒關係，去吧，沒所謂。只要看不到熟悉的高樓大廈，聽不到急忙的腳步聲，以及看不到那些麻木的臉。

不用再理會了。

呼⋯⋯

呼⋯⋯

甚至連呼吸一口氣，都舒暢了。

寧靜了。

但旅行只是逃離，並不是逃亡。逃避不可恥，但沒有用，我們到底還是要回來的。所以我由到達目的地起，就開始會有一點憂傷，因為由那刻起，一切都在倒數。

四天。

三天。

兩天。

一天……

不知道大家會否和我一樣，有時候遊玩了一整天，晚上回酒店準備睡時，不其然的有一陣淡淡的哀愁。躺在牀上，睡前腦海默默數著還剩多少天。到最後一天時，一想到明天就要回到香港這個地方，就提不起勁來。

要是永遠不回香港會多好。

算了，還是面對現實吧。

有人說過，賭博最令人著迷的其中一個原因，是在開牌之前的一瞬間，在知道結局前的那一刻，賭徒的緊張，刺激，腎上腺素到達頂點。

我覺得我對待旅行也是一樣，我著迷於它發生之前，由整理行李，去機場的那程巴士，機場中等待，上機，起飛等。

最令人興趣的心情，就是期待。

在機艙內，耳邊只有輕微的腳步聲以及空調聲。望出窗外，是一片空曠的黑夜。這使我心安。

開動了，隆隆的引擎聲使我身軀微微向外靠。

隨著那一下離心力，起飛了。

那些煩惱，也離開了。

飛機漸漸爬升，望出窗外，人們和車輛變得愈來愈小。整個香港慢慢地在我眼下。老實說，香港的燈光真很奪目，甚至是華美。但我想起了王朔的一句說話：「孔雀開屏固然好看，但轉過去就是屁眼了。」

我就這麼靜靜的看著。愈來愈遠……愈來愈遠……

每遠離一點，我就放鬆了一點。

飛入雲層，看不到這個世界。

解脫了。

所有的煩惱都在我千尺之下，所有思緒都一掃而光，沒有人煩我了，我也不用去面對甚麼，因為我在天上。我的身邊只有藍天白雲，你們抓不到我的。

閉上眼，耳邊只有人們的竊竊私語，以及低沉的引擎聲，這一刻我的內心無比寧靜，比城市的黑夜還要寧靜。原來人，可以這麼放鬆的；原來生活，也可以這樣的。這樣真的很好，好到我覺得……很不真實。

我覺得死亡是每個人一生中最嚴肅的問題，因為死亡是我們的歸宿。不過有人死於意外、有人死於疾病。其實，我們好像沒有權利去選擇怎麼死亡，以至我們大多都死得沒有甚麼尊嚴，也許虛弱、痛苦、屈屈不得志。

有時候我會想，其實能夠安寧的死去，也是一種幸福，但這好像不太可能，甚至是奢侈。

**所以如果可以，我想死在一場空難。**

**就讓一切都停留在這裡吧。**

**我，真的不想回去了。**

# | 死去的那天，一切只會如常 |

**一個如常的下午，陽光明媚。**

**我坐著慈雲山開往旺角先達的紅 Van，開始新的一天。**

今天是周末，睡了個自然醒的我一邊聽著歌，一邊看車外的風景，心情不禁有點愉悅。

「真好。」

小巴駛過啟德舊機場，開上太子道西的行車天橋，準備進入旺角。在此之前會經過法國醫院，天橋的高度剛好與醫院五樓平視，所以每次經過，我都會由第一間房看到最後一間。

今次我看到，一些病房有病人親屬探病，雖聽不到聲音，但看上去好像有說有笑似的；另一些病房則空空如也，但牀上卻略顯凌亂，我猜應該是出院了。

數秒間，小巴已駛經最後一間病房。

陽光透不進尾房，令人感覺有點鬱悶。那病房只有一名老人，如果要形容老人的話，只有八個大字：目光呆滯、面如枯槁。

正當小巴完全離開醫院時……我和老人對視了。

我下意識地對他笑了笑，並揮了揮手。

他的手動了幾下，但沒舉起，嘴部又好像是説甚麼似的。

我沒有多想，只是看了看手錶。

沒遲到，時間有的是。

//

不知為甚麼，我和老人對望的畫面在腦海中揮之不去。

我一直在臆想老人的一切。

他應該有 80 歲了吧？他的子女呢？為甚麼沒有人來探他呢？還是説他根本沒有子女？他有甚麼病？他會在這醫院死去嗎？他在想甚麼？他在説甚麼？

我不知道，但我就是停不了思考這些沒有答案的問題。

我甚至想像，如果我是那老人的話，我的心情是怎樣？

每次想到這，都令我感到窒息的。

//

自從過了 25 歲，一切都變得很快。

快到讓我開始感受到「老去與死亡」的壓逼感，不單是父母，也有自己。

我以前總愛說「自己老了」。但老實說那不過是口頭禪，裝模作樣而已，自己根本不知道甚麼是老。

當然，我不是說現在知道甚麼是老，也不是說自己已經老了。但無可否認，過了 25 歲後，能使用「年輕」的日子愈來愈少。

你們也一樣。

時間過得太快，回頭一看，小學畢業、文憑試，已離我很遠了。我還有 3 年多就 30 歲，還記得剛踏入 20 歲時，好像才發生沒多久。

怎麼這就準備十年了？

然後我又回想，《江南 style》已是 10 年前的歌、《阿凡達》已是 13 年前的戲⋯⋯

「佔中」是 8 年前的事、「沙士」是 19 年前的事、「911 襲擊」是 21 年前的事⋯⋯

2000 年出生的人已經 22 歲，2010 年出生的人也 12 歲了⋯⋯

當事物變成數字，一切都變得具體，也無法反駁。我只能承認，時間真的過去了，而一種從未有過的感受，亦在 25 歲以後出現。

「我慢慢被淘汰了。」

//

時間是無聲的子彈，當你發現它時，已射進你的心臟。

3 年很快過，一個大學課程未讀完，我就 30 歲，不再是年輕人了。

原來一個 10 年過得這麼快。

這種快的感覺是否會延續到 40 歲？ 50 歲？就像睡覺一樣，客觀事實是過了 10 小時，但主觀感受卻只有一閉一睜。

小時候總想著長大，一睜眼，長大了，卻又想回到以前。

為甚麼人老是想回到以前？

也許最純粹的幸福就在以前，「**年輕**」就是幸福。

一位十來歲的讀者反駁：「可我覺得現在很痛苦，我不想上學、考試，只想快點長大。」

我笑著搖了搖頭説：「後來你就會知道，學習是最容易的事，考試是最容易的難題。無論年輕時發生過甚麼，開心也好，不開心也罷，都一定會是最好的時光。」

「真的，那一定是最好的。」

「因為它年輕。」

「年輕……真好。」

//

我能想像數十年後，會有一些和我現在年紀差不多的年輕人，在同一個地方，做著我當年做過的事，或是笑說自己老了。

我不認識他們，但卻十分熟悉。

再數十年後，也是。

再數十年後，也是。

再數十年後，也是。

我又能想像，面臨著死亡那天，會是一個如常的下午，卻看不到那天的日落，但在同一個如常的下午，會有一群年輕人剛放學，討論著明天去哪兒玩。

就像你們看這篇文章的同時，也有人沒機會看到明天的日出一樣。

我沒有偉大到為他們感到可憐，因為我不認識他們，甚至不知道他們的存在。但正因如此，我知道自己死去的那天，也是這樣。

一切只會如常。

世界永遠都是年輕的，就像新陳代謝，它會有源源不絕的生命誕生。

不能逆轉的我，終將被淘汰。

## //

一個如常的下午，陽光明媚。

一名老人躺在醫院內，隔壁傳來探病時的熱鬧聲，而他的房間只有心電圖的聲音。

如果要形容他的話，只有八個大字：目光呆滯、面如枯槁。

今天是周末，但對老人而言，這是無意義的。

老人看向窗外，這是他最近喜歡做的事。也許知道自己的日子所剩無幾，每一個日落，都可能是他看到的最後一絲光。

他亦不斷回想過去，年輕、畢業、工作、結婚、生子、老去……

然後一閉一睜，就來到這裡了。

一輛又一輛的車，忽視老人的目光而去。

老人知道，死去的那天，一切只會如常。這張牀會有另一人睡，窗外的天橋依舊承載著車輛，天氣依舊蔚藍。

他想回到過去，哪一刻也好，只要是過去就好，但更他知道，這不過是淘氣說話。

突然，一名年輕人在小巴上和他對視了一眼。

年輕人沖他笑了笑，又揮揮手。

老人內心一陣悸動，想用力舉手回應，奈何他早已失去這能力。老人只能目送著年輕人乘車開往他想去的未來。

**看著遠去的小巴，老人喃喃自語道：**

「真⋯⋯好⋯⋯」

# | 死亡 |

**無論我們甚麼出生、甚麼背景，但我們都會死。**

人活在世上，都是步向死亡的。所謂人生，也不過是生與死中間的行動總和。

對於死亡，我是恐懼的。我也知道大部分人也是恐懼的，只不過這種恐懼也許連自身也未必知道。

害怕死亡，主要是因為未知。到底死後是有或無？無論哲學和科學都一直沒有停歇探討，所以有時候人們覺得有地獄或天堂，某程度也是自身對死亡恐懼的投射。因為無論那個死後世界如何，起碼代表著死亡不是終極，我們有繼續的一個地方，所以有些人信奉宗教，其中一個特點就是宗教有死後的世界。其實這也反映出自身對死亡的恐懼。

死亡的恐懼確實影響我們人生中每一個動作，分別只是自己知不知道而已。

人們常把「時間無多」掛在口邊，其實「時間無多」就是因死亡所致，因為時間的盡頭就是死亡，如果不用死，就不會時間無多。

我們跳不出時間，也跳不出死亡，由出生起，時間就糾纏在你身邊、世亡就在前方守候。我們無法掙脫的是，即使時間的盡頭是墳，我們也

只得走下去。

所以我們會想盡辦法在死亡出現前，把人生盡可能的做到圓滿。也是所謂的「死而無憾」。當然，這個「無憾」每個人都不一樣，可能是有很多錢、可能是名成利就、也可能不過是簡簡單單的過日子而已。無憾又會怎樣？廣東人有句説話很好——「死得眼閉」。

死亡只有一瞬，但那一瞬卻需要你用一生來準備。

可能大家會説，那麼早就想死亡這些問題做甚麼？有用麼？

不知道從甚麼時候起，很多人對於思考「死亡」成為了「有甚麼用？」的事情，我明白，在慾念橫流的世道上，對於他們而言，前途利益比一切事情的來得更逼切思考。所以死亡這種「遙遠」的事不用那麼早就思考。

那很可能大部分人還沒有體會過死亡的突然性。所謂死亡的突然，並不是老而死去或老而病死的那種，而是你認為對方「沒理由那麼快就死」的那種離開，比如自殺、意外等等。

當你遇過這些事後，就會發現死亡根本就沒有「應不應該」，也沒有「遠不遠」的事，因為它的出現，並沒有合理可言。它是不可測、不可預知的。

死亡可以於下一刻就出現，也可以在你覺得「最不可能出現」的時間出現，它會隨時出現的，不論你正值年華，還是善良賢能，更不會在

你做好準備時才出現。

　　當然，我有遇過這種突如其來的死亡。當時的腦海，真的浮現了電視劇的對白：「原來一個生命可以就這樣沒有了。」

//

　　後來，我用了很長的時間在反思自己。重新思考自己活著，要做甚麼？

　　因為我發現，面對死亡，很多事情都變得不重要，甚至是虛幻。

　　後來，我開始變得十分謹慎，無論是言語或是行為。因為我不知道死亡又會在哪一刻出現，在我面前奪走了甚麼人。

　　所謂謹慎，就是讓慢慢地去學習如何珍惜眼前人，以及做好自己。

　　我知道很老土，以前我也這樣覺得。但當你細想，就會發現其實這兩句說話是很難做到的，特別是年輕人，覺得死亡是很遙遠的事的人。

　　比如珍惜眼前人。怎麼珍惜？你珍惜了嗎？

　　死亡不只對自己，也對我們身邊的人。

　　如果你的家人或愛人突然死了，你會後悔嗎？你會覺得自己足夠考順了嗎？你會覺得為對方做的事都做足了嗎？你會覺得自己做得夠好嗎？你會有甚麼地方還沒有和對方去嗎？你還有甚麼說話來不及說嗎？

只要你的答案是還有不足的話，那麼你就還未做到「珍惜眼前人、做好自己」

當然，我覺得要完全做到問心無愧是很難的，所以只有「盡量」。就像人生總會遇到後悔的事一樣，我們不能做到永遠沒有後悔，只能盡量做到無後悔。

//

人生於世上，是注定痛苦的，死亡也是注定的。

我們不能完全超脫，只能盡量消卻死亡的影響，盡量為死亡做準備。

**奈何世事所有道理都是簡單的，但人所創造的世界卻使其複雜，簡單的道理也因此變得充滿枷鎖，連希望卑微的「盡量」也變得奢侈。**

# | 好死 |

**朋友問我：「到底人生是為了甚麼？」**

**我想了想，然後回答：「我想，人生就是為了好死吧。」**

於我而言，「人生」是指由出生到死亡中間的那段時間，沒有人會例外。就那些說出甚麼「**這不是我的人生**」的話的人，這只不過是出於內心的一種抗拒，不想接受這是自己的人生。

雖然我們在人生這段時間中會有不同的實踐，這種我們無法去總結，因為人人都不一樣，但有一樣卻是一樣的，就是無論你是男是女、貧窮或富有，最終都步向同一個終點——**死亡**。

一些固定或必然會發生的因素，其實正在影響著我們大部分決定，只是潛移默化後，自己不知道而已。

比如時間，每個人的時間都是固定的，不會說你今天的時間會比我多一點，我的 20 歲會和你的 20 歲有時間上的不同。但若然人類的平均壽命是一千歲，那你現在的心情會是如何呢？你還會如此緊張嗎？如此迷茫嗎？

看過一個統計，那是一個 10 乘 10 的格子，每一個格子代表著我們陪伴父母的時間，然後發現那些格子愈來愈少，呼籲大家要抓緊時間

去陪伴自己的父母。為甚麼要「捉緊時間」？因為時間無多了。

另外，大家為甚麼怕買樓？因為儲不到錢、供不完、不夠錢，這都是因為時間問題，如果你的人生有一千年，還會擔心買不到樓嗎？還會擔心供不完樓嗎？還會怕只顧著賺錢而不夠時間陪伴父母嗎？

//

很多時我們的擔心，都是因為緊迫的時間不允許我們這麼做某些事，所以焦慮、無助。

這一切，都是時間在決定行為。

為甚麼會害怕時間不夠？因為時間的盡頭是死亡。

死亡是固定的，也是人生、時間的終點。誠然，我們不知道自己擁有多長的人生，死亡甚麼時候到來。

人類對於死亡的恐懼，是因為不知道死亡之後的事，而死亡的其中一個可能是永遠消失、只此一世。所有意志、思想將會永遠消失，不再醒來。

我們對「時間無多」有恐懼，其實是對死亡的恐懼。在「時間無多」下，我們分配時間去實踐自己的人生。說白了，也就是死亡控制了你的行為。我們都想在死前，盡量滿足自己的人生，就是把生命得到最大的圓滿。

當然，每個人的圓滿都不同。有些人認為沒有牽掛就是圓滿，有些人認為沒有痛苦就最圓滿了。所以圓滿只是一種概念，指當面對死亡前的那一刻，我們的心理狀態為最圓滿。

至於怎樣才能使心理狀態圓滿？不知道。因為每個人的滿足點都不同，但那都是為了死亡時可以——**好死**。

//

有人認為，「人生為了甚麼」就是代表「人生意義」。

但我覺得還是有點不同的，人生是指出生到死亡之間的時間，人生意義則是指這段時間中所做的每一件事。

存在主義說：「**存在先於本質**」，意指你不是天生出來就是英雄，而是你的行為令你成為英雄。沒有人天生就被注定成為甚麼，而是你的行為去決定你成為甚麼。同樣地，每個人的人生意義都不同，因為人生意義本不存在。而當你行動了，你的人生意義就出現了。

那麼人生意義是甚麼，那就得由你自己去給予了。

當然，人生意義也會在死亡來臨的一剎而停止。

那麼我們就會發現，你的行動決定了人生意義，同時你的行動又被時間和死亡所牽引著。

//

人生就是一場面對死亡的遊戲。

我們所做的，不過是計劃在死亡之前做到最大圓滿，沒有人會想帶著後悔、遺憾離開。我們總是希望含笑而走，但這一笑，又有多難呢？

然而，這就是所謂的好死了。

你只知道時間無多，卻不知道是被死亡控制；你只知道想實踐夢想，卻不知道你是想死而無憾；你只知道想死而無憾，卻不知道這就是為了**好死**。

人生的內涵是人生意義，人生意義由我們的行為決定，我們的行為由時間決定，時間的恐懼來自於死亡。也就是說我們的行為由死亡決定，我們的行為是為了達到人生的圓滿，所謂人生的圓滿就是死亡前的圓滿。

**這種「為了」，就是好死；人生，就是為了好死。所以中國人罵人有句說話特別惡毒，就是——不得好死。**

# ｜自殺｜

「未來對我太沒有吸引力了。僅就世俗的生活而言，我能想像到我能努力到的一切，也早早認清了我永遠不能超越的界限。太沒意思了。更何況我精神上生活在別處，現實裡就找不到能耐的下腳的地方。活著太蒼白了，活著的言行讓人感到厭煩，包括我自己的言行，我不屑活著。」

**這是我在網上看到的一篇自殺者遺言。**

如果有人對我說出這番話，我實在無法反駁，更說不出甚麼「**只要活著就有希望**」的心靈雞湯，因為這些話連我自己也不信。

畢竟我們這些活著的人，也不見得活得有多好。

而我也經常懷疑，人為甚麼要活著？自殺錯了嗎？這是一個很敏感的話題，在這個世道上大家都不鼓吹別人自殺，甚至討論也要小心翼翼。但有時看到一些人的經歷後，我真的無法否定他們自殺的決定，畢竟每個人的經歷都不一樣。

曾被譽為「**香港聾人狀元**」李菁，於 1999 年打破聽障考生歷年來在中學會考的最高分紀錄，並在嶺大畢業，最後發出數百封求職信不獲聘，連快餐店也因她是大學生而拒聘。李菁一篇名為〈零價值〉的網誌文章上說：「**我不是盛載垃圾的『垃圾箱』。逃避是我的原罪，痛苦是我的命運。**」

2008 年 3 月，年僅 26 歲的李菁終承受不住壓力自殺，離開人世，而她生前將所有的成績單、獎狀、文憑裹在一起，並在上面以大字寫下——「垃圾」。

對於她的死，你能說甚麼？我們又有甚麼資格去挽留她於世上？一切都只顯得蒼白無力。

有時候我覺得，自殺的人比我們活得更清楚明白，他們明白到繼續活下去並不能改變甚麼，那只是一個輪迴。活下來又能如何？最多只是得到一個「勇敢」的稱讚而已，然而痛苦卻不會仁慈的離你而去。

對於某些人而言，他們的生活就像在一片大海中浮沉，開始以為只要一直奮力游，到底會看到彼岸的。但日復日，年復年，海水愈來愈深，愈來愈寒，但仍看不見盡頭，而一直的努力反而讓自己更絕望，因為這一切也許根本沒有完結的一天，直至死亡也到達不了那心中的彼岸，因為那根本不存在。

有些人活著是為了吃飯，有些人吃飯是為了活著，我們無法批評別人的決定，大家都是孤獨的來到這個世界，並孤獨的面對自己的問題，我們無法知道對方到底承受著甚麼。

我家附近最近亦有人自殺，是一名 72 歲的老婦。她由離地約 20 多米高行人天橋墮下，警方經初步調查，相信事主由 2 樓位置越過欄杆墮下，在現場檢獲疑屬於死者的一個袋及一對運動鞋，未有撿獲遺書。

那日我經過她越下的位置，抬頭看著那欄杆時，我不禁回想新聞說她離開的時候是下午 2 時多，那是一個陽光明媚的下午，但又有誰知道

她的心情又有多陰霾。

到底她在決定越過欄杆時，她在想甚麼呢？

她的內心是絕望？是平靜？是悲傷？還是解脫？

到底是甚麼原因，才會讓一位老婆婆，艱難地越過比她還要高的欄杆，從而結束自己的生命？那是多麼的絕望？

72 年了，她過得快樂嗎？72 年了，她受了甚麼苦呢？

我不知道，她沒有遺言，新聞報導也只有那潦潦數字的描述，以及一段毫無溫暖的防止自殺提示。

老實說誰沒有想過自殺，我們誰都有那念頭，但誰都沒有那「勇氣」，我們有太多情感羈絆，家人、朋友、愛人等等，這讓我們不得不「堅強」地活下去。

我們仍活著，痛苦依舊存在。

張愛玲在《半生緣》中說：「要是真的自殺，死了倒也就完了，生命卻是比死更可怕的，生命可以無限制地發展下去，變的更壞，更壞，比當初想像中最不堪的境界還要不堪。」

有時候我會想，我們阻止那些痛苦的人自殺，成就了這世道中的道德，做到了那所謂的大義，「救」了他們。但他們就是不想活著才自殺，我們讓其回到現實，他們就要繼續接受苦難，那麼我們又是否成了施暴者？

活著就是最大的痛苦，他們不屑活著。

# ｜自殺的勇氣｜

**人愈大，誰都總有過幾次自殺的念頭。**

或許在某個早晨；或許在某個車上發呆的時候；又或許某個星期日的深夜裡。

「不如就這麼死去吧。」

如果就這樣死了，也挺好的。

甚麼都不用煩，甚麼都不用想，就這麼一了百了。只不過，大部分人都不會付諸實行罷了，包括我。

其實某程度上而言，這也算是一種懦弱。

當然，也有些人會叫作堅強。

## //

我有一個奇怪的癖好，就是喜歡看自殺的新聞。

我很想知道，到底讓人自殺的原因是甚麼，我會幻想他們自殺前到底在想甚麼，他們是如何「説服」自己的？他們到底經歷了甚麼，才有「勇氣」走到這一步？

那十多歲的女孩為甚麼要死？功課壓力？感情問題？

那八十多歲的老翁為甚麼要死？孤獨？病痛？

那富有的人為甚麼又要死？生意失敗？家庭原因？

我不知道。

那短短數行的冰冷文字，並沒有說明一條寶貴的生命為何走到盡頭，沒有人會花力氣去調查一個已死之人的痛苦，更何況我們都是無名之輩。

在新聞面前，即使我們死了，也沒有報導價值。

太陽還是如常升起，樓價還是沒有下跌，人卻愈來愈痛苦。

我覺得很可悲，那可是一條生命。

但我也覺得很無奈，因為我們知道了也不能做些甚麼，我們也有自己的困難。

我們這些活著的人，也許不比他們好得了多少。

甚至有時候，會羨慕他們的「勇氣」。

## //

人活在世上，就像不斷遇溺，大部分都在窒息中掙扎求存，露出水

面也只是為了呼吸，所以當連生存都這麼困難時，更不要説是看看這世界的美好了。

所以有時候，真的不得不佩服那些有勇氣自殺的人。

又或者説，更多的是羨慕吧。

不知道大家是否和我一樣也有過這念頭，不過沒有實行，説白了就是不敢。除了怕痛外，更多的是羈絆，家人、朋友、愛人。

這都是羈絆。

我不想他們傷心，這使我仍有「**動力**」活著。

我曾多次幻想，如果自己是一個孤兒，一個無親無朋的孤兒，那我就不再會有對誰的情感瓜葛。

那麼我的人生就可以自私地只為自己而活，不需要擁有社會上不知何時起做人需要的堅強，也不用聽人説甚麼勇敢地活著。

沒有羈絆，就了無牽掛。

要不要堅持，只由得我。

要不要活著、要不要死亡，也只由得我。

但人又怎麼可能沒有羈絆呢？生而為人，就有羈絆，會有家人、朋

友、愛人，就算沒有，也會有自己想做的事、想去的地方、想吃的東西，這都可以是大家仍然活著的理由。

所以我這「**沒有羈絆**」的幻想，最終只能是幻想。甚至可以説，這不過是懦弱者的幻想，為懦弱開脱的藉口，透過幻想一件不可能發生的事，以肯定自己其實也有必死的勇氣，實在可笑。

## //

或許，自殺之人並不都是心無懼怕，反而大部分人仍是害怕死亡的，他們也有著和我們一樣，甚至更甚的羈絆，但他們仍然選擇死亡。

在我們有著難以擺脱的羈絆時，他們卻有勇氣去擺脱、放棄，你以為他們不知道身邊的人會傷心嗎？你以為他們不怕痛嗎？你以為這個決定簡單嗎？你以為他們沒有感情嗎？

他們都有，或者更甚。

不過，他們其中一個痛苦也許就是來自於這些羈絆，一方面要面對外在的痛苦，想以死解決；但另一方面又因為羈絆而不能死，只能繼續活著受苦。

## //

我不知道自殺者生前在想甚麼，但我相信痛苦「**戰勝**」了羈絆與恐懼。

活著的人選擇的是「**堅強**」，他們選擇的是「**放棄**」。

這當中沒有誰比誰高尚，我們也沒有資格批評任何人，因為我們這些所謂「**堅強**」的人，是難以想像在他們決定了結的那一刻，內心是多麼的絕望與痛苦，那可是超越害怕死亡的。

這種勇氣，比我們這些所謂堅強生存的勇氣，有過之而無不及。

其實，你說他們的「**放棄**」是逃避嗎？

也許，我們的「**堅強**」才是逃避。

活著，又真的那麼好嗎？

我們總叫人不要死，看到自殺的新聞都會在想「**為甚麼要自殺呢？**」又或者我們思考錯了方向。

於自殺者而言，活著才是需要理由，他們找不到活著的理由。

因為活著就是痛苦。

//

自殺題材一直比較敏感，因為怕拿捏不好，更怕被人說是鼓吹自殺。

當然，最主要還是 IG 會封鎖這些題目。

其實我覺得很反智，正如卡繆說：「只有一個真正嚴肅的哲學問題，那就是自殺。」

如果我們想正視這個問題，想幫助這些人，更不應視自殺為一個禁忌，也不應是禁忌。

重點是我們要認真地探討。

當然，活著的人或是沒有打算尋死的人，某程度上沒有資格去猜測別人的痛苦，但如果真的想幫助有意尋死的人，我覺得拿出來認真地、嚴肅地討論，總比那些自殺新聞下，那幾段叫人不要自殺的冰冷文字來得更有用。

# | 沒有自殺，不代表活著不會難受 |

**我知道，你有過千百次想死的念頭。**

**也許別人不知道，但我知道。**

**因為我和你是一樣的人，又或者活在這個城市的人都一樣。**

雖然活著，但想死的念頭從未間斷過。這個念頭不是情緒發洩的想死、也不是張口隨便說說、裝模作樣的想死。

而是⋯⋯真的想死。

在那個清晨、在那個下午、在那個深夜、在那扇窗戶前、在那堵欄杆後、在那呼嘯而過的馬路邊。

「一下，一下就可以了。」

這句說話在腦中響了多少遍。

最後還是活了下來。

但諷刺的是，活下來又怎樣？又能得到甚麼？得到的只有別人稱讚你很堅強，說你努力生活的樣子很迷人。

這又有何用？活下來能改變甚麼？一切卻沒有變好，甚至比想死的念頭出現前更不好。有時不禁想，死了倒也一了百了，活著卻只會

不停變差。

反正愛情的、工作的、學業的、金錢的、家庭的、自身的，總有一項不如意，或者只有一樣是如意。但多數是一項都沒有。

「怎麼我活成這樣了，還要繼續活著。」

想死過千百次，但還是活著。很多人認為活著都是堅強的，但這不過是觀點與角度，我就時常覺得這樣的自己很懦弱，懦弱到微塵之中，甚至覺得自己沒有資格和別人說自己痛苦。

但沒有自殺，不代表活著不會難受。

## //

活著很難受，因為這個世界是有病的。

正確點說，這個城市的人是有病的。

而我覺得最病入膏肓的，是人與人的比較。

身邊大部分人都喜歡比較，又或者我們都和別人比較過。比如誰長得好看、高矮肥瘦、家庭背景、成績高低、考了甚麼大學、找了甚麼工作、誰賺得比較多錢、誰另一半對他很好等等。

這些也就算了，我們還可以牽強地解釋為：「想自己過得好一點。」

但最令我費解的是，有些人連痛苦也要比較，也是俗稱的「鬥慘」。鬥也就算了，給你「贏」又怎樣。

最令人討厭的是，他們還會批評對方的痛苦。

有時候向家人訴苦，説自己學業壓力，或是工作的鬱悶，最後只會聽他們「**想當年**」，説自己怎麼怎麼辛苦，然後養活了我們，最後再説你一句「**吃不了苦。**」

原本是訴苦的，最後卻被批評了。

又有時候新聞報導一些學生自殺的，總會聽到有人説：「少少壓力就講死，幾時有我們這麼辛苦，現在不還活得好好的。」

然後又有人説：「現在年輕人都吃不了苦，他們都不知道甚麼是苦。」

「少少壓力都捱不到，唔死都冇用啦。」

//

當你以為只有上一輩才會這樣時，你會發現身邊的人也會這樣。

朋友 A 找我和少女 B 訴苦，説在一起三年的男朋對她説感情淡了，沒有當初的激情，所以決定分手，説著説著嚎哭了起來。

這時，少女 B 嘖了一聲：

「還以為你甚麼事，我前度當年給我戴了半年綠帽，還帶那臭女人到我牀上做愛。最後一聲不響的人間消失了，那時我手又割過，藥又食過，哪一個不比你痛苦，現在還不是好好的？你這算好了，有甚麼好哭的。」

我一臉詫異，可以這樣安慰人的嗎？

看著他們那種「你沒有我痛苦。」、「你沒經歷過不懂甚麼是真的痛苦。」、「你這種程度沒有資格說痛苦。」的嘴臉。

我不禁想：「這不是有病麼？」

也許你的經歷真的比較慘，又也許對方所痛苦之事很雞毛蒜皮。

但有必要這樣嗎？

每個人都有痛苦、難受的權利，為甚麼自己的真實感受，要受到你的批評呢？為甚麼要強逼別人認為自己的痛苦是不外如是呢？

這不是有病麼？

//

這個城市是有病的，所以逼瘋了不少人。

當中最痛苦的，莫過於在這個病態社會得了情緒病的人。人們聽到情緒病患者的訴苦時，往往會說：

「跟你說過多少次，不要這樣想。」

「次次跟你說完，你還是一樣。」

「你不覺得自己只會不停埋怨放負嗎？每次都是一樣的問題。」

情緒病是病，如同傷風感冒，要看醫生、服藥的。怎能叫感冒的人不要流鼻涕呢？這不是荒謬嗎？

但他們不會管，情緒病在他們眼中不是病，而只是「**想不通**」。

對，是「只是」。

他們覺得只要「**想開一點，樂觀一點**」就可以了。甚至覺得是對方不夠成熟，抗壓力低才會這樣，根本不用看醫生，這是浪費錢。

甚至我聽人說過：「這麼小事就說自己多麼痛苦，又不見你去死，比你痛苦的人多的是了。」

我不禁想，這個城市的人情緒問題如此嚴重，也許是被身邊的人逼出來的。

//

生活是痛苦的。

大家活著都不容易，有各自的難處，但又怎會想到很大一部分，卻是來自人。

他們不會互相扶持，更想在批評與比較之中，把別人踩低，從而找到自己所謂的價值，覺得自己是與眾不同的悲劇主角。

我們不知道他們潛伏在哪裡，可以是同學、同事、朋友。慢慢地，大家有苦卻不敢說，怕說出來被人批評、嘲諷。

但痛苦就是痛苦，不説不代表不存在，反而會在體內擴散、惡化。

//

沒有自殺，不代表活著不會難受。

特別活在這樣的地方，而對著這樣的人，哪能不難受。

就算真的想死，也不敢説出口，怕被人笑話、唾棄。

而且很多時念頭一過了，最後還是活著，他們就會覺得我們只是拿「死」裝模作樣，「次次話死，不又好好的。」

乾脆不説了。

又有多少自殺的人，生前都沒有向人求救，也許就是這樣吧。

//

**我們還活著，這到底是堅強，還是懦弱？**

**我不知道。**

**我只希望這個城市，會是個能夠包容痛苦的地方，沒有人會再看不起、嘲笑別人的痛苦。**

**但這好像太理想了。**

# | 你有想過，自己甚麼時候死嗎？ |

**你有想過，自己甚麼時候死嗎？**

**你覺得，自己的生命還剩多少時間？**

我們每個人都會面對死亡，然而死亡永遠不會有確實時間。你不知道它甚麼時候到來，它可以是數十年後，也可以是數十秒後。你也不知道它以甚麼形式到來，它可以是意外，也可以是生病。

死亡啊……是不理性的。

只是不知為何，人總覺得自己的生命還有很久，還有很多時間去浪費。

但真的嗎？

有時候我不禁想，如果人知道自己甚麼時候死，會是怎樣？

如果你突然知道，自己只剩一年不到的生命，你又會怎樣呢？你平時所認為重要的東西，還會重要嗎？你平時執著的那些東西，還會執著嗎？你平時說不出口的那些話，會想說出口嗎？

你覺得，自己真的還有很多時間可以浪費嗎？

//

少女Ｔ於一年半前確診患有重症肌無力症。

重症肌無力症是一種罕見疾病，醫生指由於少女Ｔ從很小時就已發病，所以現在情況轉差得很快。快到……藥物已對病情無效。

醫生凝重的說：「你現在有兩個選擇，其中一個就是做手術。」

少女Ｔ沒有說話，醫生接著說下去：「只不過這個手術還是實驗階段，未必一定有效。」

少女Ｔ依舊沉默，但沒有人注意到，她的手指在發抖。

「甚至……有機會不再醒來。」

醫生嘆了口氣：「你好好考慮一下吧。」

良久。

少女Ｔ終於開口：「那另一個選擇呢？」

沉默是有重量的，它會把空氣壓縮再壓縮，然後令人窒息。

醫生吸了一口氣說：「活不過今年。」

//

「所以你的選擇是⋯⋯？」

「我的選擇嗎？」

聽到我的提問，少女T笑了笑，語氣好像在說一件無關痛癢的事。

「就是我今年會返回天家，在人間到此一遊了。」

我不禁說：「甚麼？！」

少女T沒有理會我的反應：「你知道嗎？原來倒數生命的感覺是這樣的，很奇怪。因為我從來沒有想過自己在這個年紀，就要面對這樣的事。而所謂『這樣的事』不是被人搞大肚，也不是被人騙了身家，而是要死了。」

「一年半前，我又怎會想到，我活不過三年？」

「我以前常常覺得自己有很多時間，因為我還年輕嘛，才二十多歲。死亡？怎樣也和我沾不上邊吧。但現在呢？哈哈，原來已在我旁邊了呢。現在才知道死亡是最公平的，它不管你男女老少，貧窮或富貴，它要來就是要來。」

下意識地，我想開口問她為甚麼不試試，但看著她的笑容，以及堅定的眼神，我還是把話吞回了肚。

因為我知道，一個決心要尋死的人，其意志往往比決心繼續活著的人更強，他們更知道自己在做甚麼。我也相信，身邊的人也勸了她很多

次，我想說的話她都聽過無數次。反而，聆聽的也許不多。

少女 T 苦笑了一下：「我知道你想說甚麼，身邊的人也覺得我瘋了，有機會為甚麼不去嘗試呢？為甚麼我偏偏好像有心尋死。」

「事實是，我也真心想放棄。」

「因為這個病太辛苦了，我不想再受折磨，再加上生活中的不如意，我真的很累很累了呢。所以我也沒有甚麼捨不得或是留戀的，甚至覺得與其這樣，倒不如不再強求生存下去，這沒有意義。」

少女 T 這個時候看著我，問：「如果你是我，又會怎麼選擇？」

//

被少女 T 這麼一問，我不禁愣住了。

然後想了想，說：「我是一個怕死的人，既然做了手術也有機會醒不過來，某程度上也是和死亡沒有分別，所以我會選擇做手術。」

「但我會和家人說，如果最後真的醒不過來，請不要浪費金錢於我身上。放棄我吧，人間還有更多需要他們花錢的地方。」

我聳了聳肩說：「這不是自曝自棄，這是現實。」

「活著真的都不容易，把錢花在一些還有希望的人身上。他們更不要覺得放棄了我，因為這是我放棄了自己。」

「當然，如果我只是孤獨一人，無親亦無朋，我應該不會選擇做。但為了我所在乎的人，我會努力活多一回。而且我覺得能死在麻醉之下，可能也是一件好事，但請在我閉眼之前，讓我見一見我親愛的人，看一看外面的天空和太陽。」

//

當然，這只是我的選擇。少女 T 的選擇我無法，亦無權去阻止。我只能尊重，並給予最大的祝福。

只不過她的經歷，讓我思考了很多。我不禁想，如果我們知道自己甚麼時候死時，我們的人生又會有甚麼變化？

如果我知道自己甚麼時候會死，很多以前在乎過、執著過的東西，也變得不要緊了。

儲錢買樓嗎？算了吧，不儲了。反正買不到，倒不如生前花光它們吧。

我討厭他嗎？算了吧，沒甚麼好生氣的。

我憎恨他嗎？算了吧，曾經開心過就好了。

面對死亡，好像一切都變得不重要；面對死亡，好像很多負面的情緒、物質的東西都變得不再重視。

如果我知道自己甚麼時候會死，我會更想把握好當下的每一刻，更

珍惜餘下的時間。因為我看到時間在眼前倒數，也知道自己離終點還有多近。我知道甚麼是當下，想做的事就去做，有想看的風景就去看，有想見的人就去見，有想說的話就去說。

如果我知道自己甚麼時候會死，或許會對生命有不一樣的體會。

所以我又有點明白少女 T 的選擇，因為有些人以為還好多時間，最後終日混混噩噩，得過且過，當面對突如其來的死亡時，所有的計劃都只能胎死腹中。

**反而在這條尋死的路上，一切都明明白白，這才是真正的活著。**

**這樣的人生未必無悔，但至少曾經快樂。**

人們總愛把生命說得多麼的偉大，

活著又多麼有意義，

然而活著這回事，

從來不到我們選擇，

我們還要吹捧它、歌頌它，

甚至努力的成就它，

我覺得很可悲。

我已經盡了一切能力去活著，

但終究還是痛苦，

這裡於我而言就是一個牢籠，

每天都是一個新的輪迴，

我更不期待所謂的未來。

我又能想像，面臨著死亡那天，

會是一個如常的下午，

卻看不到那天的日落，

但在同一個如常的下午，

會有一群年輕人剛放學，

討論著明天去哪兒玩。

人活在世上，就像不斷遇溺，

大部分都在窒息中掙扎求存，

露出水面也只是為了呼吸，

所以當連生存都這麼困難時，

更不要說是看看這世界的美好了。

# 第四回

# 就是孤獨

陌生人，雖然我不認識你，

但我也希望你明天一早起來，

有勇氣去面對大門後的世界。

陌生人，我也為你祝福，

即使我們素未謀面。

陌生人，我願你今後一切安好，

那些黑夜不再倒映著寂寞及痛苦。

陌生人，但願某日，

你會自信地告訴我：

「我是個幸福的人！」

# | 習慣 |

所有東西都有它們的壽命，無論是物件、行為、或是人。

有些壽命太短了，短到我們感覺不了甚麼，根本沒有留意到它們的存在。有些壽命比較長的，我們也不會感覺到甚麼，因為長得成為了習慣。

人就是由各種習慣而成的動物。

但不知道為甚麼，人愈大，我就愈怕習慣回事。

// 

以前我每晚都會幫媽媽按摩，舒緩她一天的疲勞，這是我的習慣。但自從她要動手術後，我就再沒有幫她按過摩，因為怕不小心弄到她的傷口，而且她做手術後身體也比以前差，所以更不敢亂按。

早幾天她叫我幫她按，雖然我有點不太想，但最後還是稍為幫她按了。但就在我幫她按的時候，我卻在想：「我不要再定期的幫她按了。」

不是不想幫她按，而是我不想養成一個新的習慣，因為我不知道下次停止時，又會是甚麼原因，我不想面對。

//

現在每個星期都會更新一篇文章，我已習慣了寫文章有七、八年的時間。

有時候我會想，到底我會寫多久？

寫到死的那一刻嗎？那麼如果我會停的話，不再更新了，又會是因為甚麼事？沒有題材了嗎？累了嗎？沒有熱情了嗎？沒有人看了嗎？還是發生甚麼事情了嗎？那會是甚麼事情？到時候，我會怎麼和大家說？我的心情又會是怎樣？

一想到這，我就莫名的惆悵。

當然，這樣想真的很傻，但我真的很難想像那個時候的自己，也很難想像自己決定不再寫文章的那刻，到底是怎樣。

但我知道這一天總會來臨的，因為每個習慣都有完結的一刻。

## //

有些習慣太長了，長到我們有一種錯覺，認為它會一直存在，更不會離開自己，所以我們沒有真正感受到它的存在，不知道原來那些習慣不是必然的，直到這些習慣離開時，才發現自己原來失去了一塊沒重視過的東西，但一切都回不去了。

人都是習慣的動物，但我愈大愈害怕開始一個新的習慣，特別是害怕習慣人。

來到這個世界上，我們都是孤獨的存在，但不知道為甚麼我們卻要

依人而生，在人生的長河中，孤獨的我們會擁有父母、同學、朋友、同事、伴侶等。他們的存在都很長，長得我們覺得他們不會走，更沒有想過他們離開的情況。

但我們知道他們總會離開的，用任何形式。

有時看到父母日漸明顯的老態，想到他們離開的情境，我就莫名的傷心。有時聽到朋友準備移民的意向，我就知道將會少了一個晚上出來喝酒聊天的人。

面對離去，我沒法選擇，也無法阻止，但有時候我又覺得自己可以選擇，比如感情。在感情世界中，我現在很怕習慣某些人的存在，一旦發現自己有稍為習慣對方的情況，我就會想後退。

可能你會說我很懦弱，但我曾經失去過這些習慣，你們知道那種感覺嗎？當你一次又一次的習慣對方，全心全意的投放感情下去後，最後得到的，只是頭也不回的背影。你們知道那種感覺嗎？

慢慢地，就會有了陰影。

慢慢地，我失去重新一段關係的勇氣。

有時稍為意識自己開始準備習慣某個人時，比如開始每天和對方聊天、每天分享自己的瑣碎事、每天拍自己的午餐給對方，我就會害怕。不是對方有甚麼事，也不是二人的相處有問題，而是我有陰影。

我會卻步，我會退縮，我會變得怪怪的，因為我會回想起自己也曾這樣對一個人，但最後下場卻是……

也許這就是我忽冷忽熱的原因吧。

有時，真的感到十分抱歉。

但我真的很害怕，我很害怕習慣某個人的存在。我不想在乎一個人，我不想為一個人胡思亂想，我不想等待一個人的訊息，我不想自己的情緒被一個人牽著走。

我不想。

因為我知道自己所習慣的不止是「人」，是生活、是早安、是晚安、是冬天的噓寒問暖、也是秋天的微笑。而當一個習慣了的人走了，那些原本不痛不癢的習慣，卻異常的礙眼。

有時我會寧願不開始一段關係，那就不會結束，也就不會痛苦。

但這又怎麼可能真的做到？我只是凡人，我也過著被「習慣」塑造的生活。住的房子、坐的交通工具、朋友、父母，甚至是呼吸、四肢等，那都只是我「習慣」了他們的存在而已，他們總有一天會離開的。

**其實，人本來就是空手而來到這個世界的，所謂「習慣」都是後天賦予的，我們所擁有的，不過是「白拿」。**

**或許，我們真正要習慣的是，失去。**

# ︱執著︱

**我害怕習慣的其中一個原因是，我害怕執著。**

曾經執著過的人，就會知道執著有多可怕了。**佛教八苦中**，其中兩苦為「**求不得，愛別離。**」想要的得不到，所愛的離我而去。這之所以是苦，是因為我們執著。

執著，就是苦。

有時執著一些事，有時執著於一些人。

小時候多數是執著一些事。小學時，哥哥成績比較好，所以有很多獎杯，我亦因而常常被比較。後來學校頒給我一個獎杯，雖然只是甚麼成績進步獎，但也是一個獎杯，對於當時的我而言，自然是珍而重之，一回家就不斷把玩。

後來哥哥拿我的獎杯觀看時，把杯上的紅絲帶拆了下來。其實那是一件很小的事，但我卻感到憤怒，然後甚至嚎哭，因為我覺得他把獎杯弄得不完整了。即使他把絲帶重新繫上，我仍然在哭。因為我覺得那已經不是原貌了，即使再綁得怎麼像，也不是最開始的模樣了。

我一直哭一直哭，哭到有一刻我也不知道在哭甚麼。是因為哥哥嗎？好像是，又好像不是。是因為獎杯再也回不了原狀嗎？好像是，又

好像不是。反正我覺得，我就是要一直哭下去。

那是我第一次感受到執著。

不知道為了甚麼，明明「哭」對自己並不好受，但就是要繼續這樣下去。很痛苦，但就是停不了，你問我原因？我好像知道，又好像不知道。

但我就是想這樣。

有時候我會覺得，執著也會隨著歲月流逝成長的，變得和我們一樣複雜、難明。因為長大後，我們執著的不再是一個獎杯，一條絲帶。而且除了執著一些事外，還會執著一些人。

來到這個世界上，每個人都是大家的過客，這個世界沒有誰是不能失去誰的。我們本來就是孤獨的來到這個世界，孤獨的經歷自己獨有的人生，並孤獨的離去。我們是自己生命中的主角，其他人只是配角，他們點綴了我們的生命，他們是我們人生的一部分。同樣地，我們也只是他們人生的一部分。

這個世界唯一不變的，就是變。或長或短，人一定會離開的。這個世界哪有甚麼應該不應該。人要變，人要離開，有時也不用甚麼原因的。

但我們仍然會執著，因為面對變幻，我們會「**我不想這樣**」、「**不應該是這樣**」、「**怎麼會這樣**」，其實這或多或少有不甘心的成份，即使我們早已料到對方有離開的一日。

這和習慣的形成有點不同，執著並不受時間長短所限，執著只需一個念頭。一個念頭，它可以讓你對一個只認識數月的人，念念不忘；一個念頭，它可以讓你對一個一起只有短短數月的人，卑微至極。一個念頭產生，就可以瞬間控制一切，你的情緒、你的行為、你的想法，都被執念所控制。

執著者的不自控，如同動情者的不自控，都是那麼可憐，都是那麼痛苦。

所以我們常叫執著的人放下，其實執著的人也知道自己要放下，他或許比你更清楚，甚至他們也想不要那麼執著。但執著之苦，是因為明知要放下，卻放不下。明知痛苦，卻仍然要去。

或許有過一刻堅定，以為自己好了，但過一段時間才發現原來自己還是那模樣，獨自在深夜裡在內心無聲吶喊，就一直處於痛苦與緩衝之間。執著，是一個輪迴。

執著者，就像想用手抓住水的人，拳頭握得很緊很緊，但水還是從指縫中一點點流走。但他還是不甘心的、更大力的握。水終於全部流走了，當執著者攤開手時，除了那幾道深入骨髓的血痕外，甚麼也沒有。

有時候，執著者是為了執著而執著，就像我小時候為了哭而哭，如同得了魔怔一樣。不過有時候他們會覺得執著過、痛過，才叫不後悔，才算值得。看著那幾道血痕，好像證明自己生命某段時光中，發生過這麼一件愚蠢，但又刻骨銘心的事。

執著，其實有時候是自己選擇的。

# | 委屈 |

**大家有沒有覺得，其實自己活得挺委屈的。**

**那種委屈，是身不由己的委屈。**

**那種委屈，會隨著時間的流逝，愈來愈強烈。**

我發現好像不只自己是這樣，好像身邊每一個人都是，只不過他們好像覺得沒有問題。

是麻木了？又或是習慣了？

生活上有很多委屈的事，也不是多大的事，比如上班遇到麻煩的客人，我們還是要擠上笑容為他們服務，在吃飯的時候有客人來查詢，我們還是要放下飯盒，連自己一天內不多的寧靜片刻，也要耐心的為他們解答。

也許在很多人眼裡，這是正常，也是應該的，畢竟工作不就是這樣嘛。對的，我也是這麼想。只不過有時候，接待完那些百般刁難、自以為自己是上帝的麻煩客人後，終於收起臉上那熟練的笑容、又或是終於放下電話，吃著那個早已變涼了的飯盒時……

我會想，為甚麼？

為甚麼要這樣活著？

為甚麼會落到如此田地？

我知道這樣有點想多了，但無可否認，有時的確為自己感到心酸。我會覺得，這麼大一個人了，為甚麼活得這麼沒有尊嚴？為甚麼要做一些自己討厭的事，聽著難聽的說話，但還要保持禮貌？這到底是為了甚麼？

那一瞬間，真的覺得自己很委屈。

更委屈的是，我又可以如何？辭職嗎？老實說不至於。生活有很多苦難，這些所謂的委屈也挺不痛不癢的，但它就像晚上的蚊子一樣煩人，自己也不好受，起來開燈解決牠又好似挺費勁的。

這個時候有把聲音就會出現：「算了吧，忍了吧。不要把事情做得那麼難看，不至於。」

不知是被這把聲音說服了，又或是自己也覺得是這樣，往往最後就這麼妥協了。

當自己也這麼想時⋯⋯就更委屈了。

但⋯⋯那又有甚麼辦法？

「鬼叫我窮咩。」

有時所謂的妥協，都是無奈的。

//

我有一位朋友，她被一個男生傷得很厲害，每天以淚洗臉。他們二人是同公司的，我曾叫她離開這公司，但她卻告訴我不行，因為她要做手術，而且費用不菲，公司可以補貼一半。我說：「那一半我可以先幫你付，你裸辭吧。」她說也不行，因為她上一次裸辭後，家人給予很大的壓力，她不能裸辭。

所以到現在，她還在那家公司工作，還是每天看著那個男生，然後被他搞得情緒崩潰，加上工作量很大，壓得她根本喘不過氣來，更不時因為各種情緒加起來時，在公司內哭了起來。

當時我不禁想，若果我是她，我可以怎麼辦？

說實話我也沒有辦法。我能怎麼辦？很多時候，我們最後只有一個選擇。

妥協這個字挺動聽的，好像很成熟、很深思熟慮似的。但老實說，妥甚麼協，面對生活，我們根本沒有周旋的餘地。那些選擇，彷彿一早刻進自己的命運中，一切都只是走走過程而已，結果其實早已在前方等待，我們的選擇根本不是選擇。

妥協這個字眼，不過是留一點面子給自己罷了。

有時候我會覺得，那些老闆討厭的嘴臉，甚至是極權國家的當權者，他們不近人情，甚至無人性，但也許他們才是最不委屈的，因為他們想做甚麼就做甚麼。

有時候人之所以想成為上位者，也許是不想受太多委屈吧？因為委屈別人，總好過委屈自己。

// 

大家有沒有覺得，其實自己活得挺委屈的。

甚至，比動物都不如。

生而為人，為甚麼在短短的生命中，還要那麼多妥協、委屈？

我們好像從小就要學會委屈，潛移默化地被這種思維給教育了，又或者是洗腦了。大家好像都習慣了這種妥協，自然而然的就做了出來。

小時候我們不懂，一有委屈就大吵大鬧，結果被父母一頓揍，揍著揍著就學乖了。長大後我們有時還是不懂，一有委屈還是會小吵小鬧。後來被社會揍著揍著，我們也慢慢學乖了。再大點的時候，一有委屈就妥協了，覺得生活就是這樣。

算了吧。

**其實⋯⋯所謂的長大、成熟，是否就是要學會委屈？**

# | 好人 |

**從小到大，大人都告誡我們「要做一個好人」。**

**這句說話自然沒有錯，誰不想做一個好人，就像吃飯付錢，天經地義中，所以沒有人會質疑。但長大後我發現，大家好像沒有怎麼認真思考過這句說話。**

正確點，是沒有思考過，何謂「好人」。

對啊，甚麼是好人？

好人的定義是甚麼？

犯過錯的是好人嗎？

如果沒有犯過錯才是好人的話，那麼誰又沒有犯過錯？

如果大家都有犯過錯的話，那這個世界還有好人嗎？

如果這個世界犯過錯就不是好人的話，為甚麼還要我做好人？

到底，甚麼是好人？

在觸碰到這個問題的瞬間，我腦袋有點短路。我自然知道事情絕對不是這麼極端的，不然這個世界就真的沒有好人了，這個世界是有好人

的，比如我身邊的朋友就是好人。

但問題是，為甚麼我會覺得他們是好人？

他們沒有犯過錯嗎？

有位朋友跟我說，她喜歡了一個男生，也知道對方有女朋友，但在那男生熟練的攻勢下，她還是深深的陷了入去，做了第三者。

她很快樂，因為可以得到那男生的一份愛，所以一開始都是甜蜜的；她也很痛苦，因為她只可以得到那男生一部分的愛，而不是全部，所以慢慢地她過得有點不開心。

但她明白，做第三者從來不會被視為一個好人，在這個世道上第三者就是錯，無論對方和正印的關係是好是壞，介入別人的感情世界就是錯，有違這個世道的道德。

也許在別人眼中，她是一個賤女人，所以她不敢和別人說，因為沒有那個臉。她是第三者，她已做不回好人，沒有人會可憐她，也沒有資格去喊苦，一切只有自己去承受，這是應有的罰懲與報應。

奈何她只是一個女生，她也想得到一份真正的、全部的愛，她不想每次見面都在不同的酒店，每次都只是做愛。她想在周末的陽光大街上十指緊扣，做著其他情侶也會做的事。但她知道不可能，因為那是留給正印的。她只能在下班的時候，在那陰暗的、人跡稀少的街道上，才偶爾的牽一下手，已是最大的甜蜜。

她試過抽身，她冷淡、她不瞅不睬，各種各樣的方法都試過，但動情之人，即使外在的高牆築得有多高，其牆心終究是脆弱的，只要那男生的招數輕輕一敲，也就碎了。

她無法忽視自己情感，她知道自己動情了。

來回地獄又折返人間，這種感覺很痛苦，就像活在陰暗角落裡的一絲靈魂，它渴望得到陽光，卻又離不開那陰冷的角落，就那樣痛苦並快樂的生活著，你以為是快樂支撐著自己去承受痛苦，但當只剩下痛苦時，你卻發現自己仍是離不開。

動情者啊……都是犯賤的。

也許是不幸，又或者是幸運，她終究發現那男生甜言蜜語的背後，不是為了和她有美好的將來，只不過是她的肉體。所以，她還是果斷的離開了，即使這仍花了數個月的時間，即使這期中很煎熬，但最終還是離開了。

那晚，她對著我痛哭，哭到跪在地上。對於一個傷心欲絕的人，我知道自己沒甚麼可以做的，我只能抱住她，感受其身體每一下的抽搐，聽著那一邊哭，一邊顫抖的喃喃自語。

「我係咪好賤啊？」

「我真係好犯賤。」

「做人第三者真係好賤。」

「我已經好努力，但佢都仲搵我，我冇辦法啊……」

她抬起頭來，臉上的妝容已被眼淚弄化，這時她已哭得有點脫力，她淚眼婆娑的看著我說：「我真係好努力㗎，你信我好唔好？我唔想咁㗎，我真係有好努力離開佢，但我仲係好掛住佢啊……」

她似是在跟我說，又似是在跟她自己說。

最後，她問我：「我仲係唔係一個好人？係咪唔值得可憐。」

這番話我思考了很久。

她，是一個好人嗎？

甚麼是好，甚麼是不好？

我想了很久。

動情之人都是身不由己的，每一份認真付出過的感情都值得尊重，那都不是廉價。只不過我有時候會慨嘆，有些感情違反了當下的道德，就像她當了第三者，就無疑地怎麼也稱不上是一個好人。

但我又想，當一個人控制不住自己動情的時候，到底這是應該，還是不應該？這是對，還是錯？又或者說，動情這回事，可以控制嗎？

我不知道。

也許是我的惻隱之心？也許是心軟？又也許我不是正印的朋友吧。但老實說，她在我心目中，仍是一個好人。

我真不知道。

但能夠在動情的情況下，勇敢地斬斷一段「錯」的關係，我覺得這個人不論是否稱得上好，但起碼不壞。因為我知道，這個行為背後要承受多少痛苦，在多少個夜裡痛得無法入睡。當然，有人會覺得這是報應。

甚麼是好？甚麼是壞？太複雜了，人類太複雜了，人類的感情更是。

有時候我會覺得，不要執著於好與不好，這樣只會執著於他做過甚麼，去證明是不是一個「好人」，這太辛苦了。與其這樣，倒不如看他現在、此時此刻，是否有努力去成為一個好人，並為此付出了多少。

**是不是很心靈雞湯是？不是很老土？甚至有點噁心？不要緊，我也覺得是。但生而為人，我們其實並不特別高尚。**

**畢竟錯，誰沒有。**

－ 所有開始，都意味著結束 －

# | 成熟 |

**不知道為甚麼，好像到了某個年紀，人就要成熟，就要放棄和以往的思想和行為，那些都被冠以「幼稚」之名。**

不知道為甚麼，到了某時某刻，耳邊就開始出現了你要變得成熟的聲音，無論是身邊的，或是你自己。而你亦不知為甚麼覺得，這樣沒問題。

父母會叫你成熟；老師會叫你成熟；朋友會叫你成熟；甚至前女友分手時也會叫你成熟。總感覺若然到了某個時候，你不成熟，就像缺了點甚麼。甚至覺得不成熟，就是一種錯。

成熟這兩個字，在長大後的世界中，真的聽得愈來愈多了。又或者這麼說吧，是在年輕人長大的過程中，聽得愈來愈多，起碼我還沒聽說過哪個老人家會被人要求他成熟點。

有人說成熟就是成長的一部分，是必然過程。但我有個奇怪的習慣，就是每當一些別人說是必然的，又或是自己很自然地覺得很正確、很正常的事時，我就會停下來想一個問題：「為甚麼？」

這個世界很奇怪，我們有很多行為和思想，不怎麼去思考時，會覺得蠻合理，也很正常的。但當思考**「為甚麼」**時，就會覺得其實是很奇怪，甚至沒有必要去做的。**「成熟」**就是其中一樣。

很多時，我們都只是受社會影響著去成為怎樣的人。那不是必需的，但殘酷的是我們無法逃脫。即使知道了又如何？知道只是單純知道，我們最終還是會被影響，還是會跟隨這個社會運轉，成為組成它的一個零件。

　　我身邊有一位朋友，女生向他提出分手的理由是不成熟，所以他現在不停地思考怎樣變得成熟。我很了解這位朋友，我並不認為他不成熟，只不過有時會有稚氣的一面，但在工作、人際關係、思想上等等，都是成熟的。這令我不禁去想，到底成熟的定義是甚麼？標準又是甚麼？

　　我覺得成熟和自然一樣，是沒有定義和標準的。所以那女生說不夠成熟，只不過是不符合她心目中的成熟，但起碼我朋友符合我心中的標準。我朋友現在追求「成熟」，不過是成為那女生心目中的「成熟」而已，在我看來這才是真的不成熟。

　　就像自然一樣，追求自然就不自然，追求成熟也就不成熟了。

　　或許成熟在這個社會上是有需要的，我也認為人是需要成熟一點的，但有需要卻並不代表沒有就是一種錯。我們不能因為社會的需求而去判定一個人的對錯，也不能因此而刻意去改變現在這個自己。

　　這只是我認為、他認為、她認為，那麼你呢？

　　你的認為、你的肯定，是要通過思考的，所以我覺得成不成熟不要刻意去「追求」，重點是要多思考。

當你認定了自己的方向時，別人的閒言閒語還這麼重要嗎？你要在這人云亦云而又不可逆轉的世道中擁有「自己」，雖然在我看來能做到這一點已經是很成熟了，但問題是有可能別人仍是覺得你不成熟，但那怎麼了？有錯嗎？

就像讀書是要考好成績，但考不好怎麼了嗎？考不好就是錯嗎？

**問題是，問心有愧嗎？**

# | 隱藏 |

**有人的地方，就有秘密。**

我知道這樣很偏見，但我覺得這個世界就是這樣的。這個世界充滿了謊言，充滿了欺騙，以及不為人知的事。

沒有辦法，畢竟⋯⋯這個世界是由人所組成的。

我不相信人。

從心底裡的，近乎病態似的不相信人。

我覺得人長大後，和以前最不同的是，愈來愈懂得隱藏。

為甚麼很多人都不相信人，也許因為覺得對方也在隱藏、也有秘密，只不過不知道那些秘密對自己是否有害而已。

就像那些在高位的人，又有幾多真心朋友？或者他們覺得這個世界根本沒有朋友這回事。在他們的世界裡只有利益，靠近他們的人，只不過是為了好處，甚至是想把他們拉下去。即使沒有證據，但他們仍然不會相信。因為⋯⋯他們曾經也是這樣的人。

人與人之間的相處有時候就像一場心理戰，一場以小人之心，去度一個不知道是否君子的心理戰。不過我覺得⋯⋯這個世界好像沒有甚麼

君子存在，就算有，不過是因為他隱藏得很好而已。

人是說謊的動物，我們好像與生俱來就會說謊。嬰兒時我們懂得裝哭來討抱，大一點的時候，我們會裝可憐來得到父母的關注。而隨著時間流逝，手法也就更層出不窮，愈來愈完善。

說謊是我們唯一一樣不用學習，並愈來愈厲害的技能。不過說謊還需「說」，長大後就索性不說了，直接隱藏起來。而秘密，就是這樣出來的。

而人們隱藏的技術表現得最淋漓盡致的，就在感情世界中。

欺騙、背叛，在這個世代好像成為家常便飯，無論你是背叛者或是被背叛者，或多或少都經歷過。甚至有時候覺得，自己沒有被人欺騙過，就好像讀書時沒作過弊一樣，是沒有問題，但就是怪怪的。

欺騙、背叛可怕之處是虛偽，也就是隱藏。要隱藏得好，就要建立在信任之上，他們會和平時一樣對你有說有笑，他們會自然得讓你不疑有他。然而在這些行為上，對他有足夠信任度的你，自然覺得他仍然是你心目中那個形象的他，那個愛你的、正直的、誠實的他。

但事實他在偽裝、演戲、撒謊……

因為他們很了解你，他們知道在你的信任下，自己用甚麼姿態出現可以騙到你。

比如一位朋友告訴我，她的同居男朋友告訴她晚上要去補習，但她卻在手機紀錄裡找到預約時鐘酒店的紀錄。面對質問，他一開始還固定自若的説只是在上色情網站看到，因而好奇去查看。但面對愈來愈多的證據，最終揭發他是去偷情。

在這個世代，日久不一定見人心。

能夠欺騙自己的，往往是相處得最久，也建立了足夠信任的人。我們從來沒有想過對方會這樣做，沒有想過對方是這樣的人。到揭發的時候，才發現對方隱藏得那麼深。曾經如此熟悉的人，一下子變得十分陌生。

其實日久見人心的「人心」，不就是其醜惡的一面嗎？

人性之所以令人覺得可怕，不就是因為隱藏得夠深麼？

有時候聽得多，又或是遇得多，慢慢地會覺得自己好像中了毒，無論如何都不相信對方，他晚上真的加班嗎？為甚麼還不回覆？他買新衣服的原因是甚麼？他在和誰聊天？他報到的照片是不是一早拍好的？他對我這麼好是不是有甚麼原因？

有的，一定有的，他一定有事情在隱藏。

瘋了。

懷疑成為了習慣，甚至是魔怔。這已不是合理懷疑，反而真的希望

對方有甚麼在隱藏，好讓自己「舒一口氣」。

慢慢地，自己的心就像被玩壞了的玩具，我們已不知道再怎麼相信人了，所有有關「信任」的事我們都害怕，懷疑成為了最好的保護罩，畢竟「相信」太危險、太痛了。

我知道這樣對別人很不公平，但抱歉，這真的很難做到⋯⋯因為當初被欺騙的時候，對方也是如此的「正常」、眼睛也是如此的誠懇⋯⋯

我不相信人，從心底裡的，近乎病態的不相信人。我已不知道甚麼是真，甚麼是假。這是一場不會完結的猜忌。

**畢竟有人的地方，就有秘密。**

**你有，我有。**

**到底大家在「正常」的背後，還隱藏了多少？**

# | 做愛 |

**我好像有點討厭做愛。**

**不是生理上的討厭，而是心理上的討厭。**

當然，我生理還是和年輕人一樣有慾望，一樣有快感。但在內心深處，我知道自己好像愈來愈不太喜歡這回事，甚至慢慢地有點抗拒感。

我試過幻想，如果全世界投票，明日起全人類將進化成沒有性需要的動物的話，我會毫不猶疑地投下贊成一票。

為甚麼？

無他，還不是那該死的安全感。

//

20 歲。

那年我們還在一起，她就和別人做愛了。

在某個晚上，酒吧裡遇到的。

名字不知道，年齡不知道，對方甚麼背景也不知道。然而這樣一個陌生人，她卻把最深入的地方交給他，把自己牀上最嫵媚的一面表現出來。

雖然我和她只是霧水情緣，但這件事給我的影響至今仍如影隨形，我忘不了那一晚。我想像不到她跟我說晚安以後，和別人在牀上用著各種姿勢做愛的畫面，而我卻信了她真的去睡。

自那以後，我就成為了一個沒有安全感的人。

這份不安全感來自於她，因為她欺騙了我，自此我就不相信人。

不相信人來自於性，從前我以為做愛是有情之人的結合，牀上那歡愉的一面，只會讓自己的另一半看到，因為喜歡他、信任他，你願意把最赤裸的一面給予對方。

但原來我是幼稚的，因為在某些人眼中，做愛這回事沒有甚麼對與不對，沒有甚麼重不重要，更沒有甚麼神不神聖。

就像吃飯一樣，餓了就吃。

## //

經驗豐富的朋友對我說：「現時的人，做愛和打招呼差不多。」

當然我知道這是誇張法，但上 Twitter 看一看，就知道做愛雖不至於是打招呼，但可能和牽手差不多了。

而且以前看的影片都是其他地方的，所以沒有太大感受，畢竟覺得這個世界甚麼人都有。但當看到 Twitter 上數以千計的香港用戶，上載自己淫亂的生活時，衝擊還是很大的。

甚麼露出、換妻、群交、綠奴等等，應有盡有。

我開始質疑自己，是我太傳統，太落後了嗎？所以我找過其中一個女生聊天，以了解一下。

她是樣子精緻乖巧的女生，也就二十來歲，職位不低的一名 OL，談吐斯文有禮，甚至文字上有時更帶點冰冷高傲。若是走在街頭，不算特別，也不太普通，就是中環和你擦身而過，有時候還可能會多看幾眼的那種女生。

然而在她的 Twitter 帳號內，她光滑潔白的身子就像狗一樣地被人無情抽插，那些男生像發情的公狗一樣扭動下體，淫逸放蕩之聲不斷。淡雅的房間內，人們做著最原始的交配，有時是一個男生，有時是 2~4 個男生，而且……他們大部分都有伴侶。

聽著她淡淡的訴說，一時間有點恍神。

看到我的反應，她笑了笑說：「其實你試過一次之後，開發咗，你就會發現其實好多人都係咁，冇咩特別。」

「做愛咁開心咁舒服，人一世物一世，想做咪做囉，試多啲嘛。」

好像也有道理啊……

我已不知道是我有問題，還是她有問題，還是時代真的變了。

這感覺有點像以前要結婚後才可以有性行為，現在婚前性行為也很

普遍了，而我所覺得只和另一半做愛，不出軌的這套觀念，也許已是「以前」了。

我問：「咁你覺得冇問題啫，你唔怕將來伴侶介意？」

她啞然失笑，說「我唔講，邊個知？又或者……佢都有呢？」

//

後來我對讀者做了一個統計，最後有 32% 的人曾和非伴侶的人做過愛，而有近 30% 的人出過軌。

香港才有多大？

你能想像到身邊的朋友，又或是同一車廂的那些路人，也做過這些事嗎？你有想過那對牽手的男女，其實不是情侶嗎？你能想像你身邊那位，其實在隱瞞甚麼嗎？

問題是我們不會知道的，誠如她所說：「我唔講，邊個知？」。

而且即使他們說沒有，也未必相信了。

因為人不可信。

我愈來愈不相信人，因為人有慾望。慾望會控制所有想法及渴求，慾望被滿足了，就會得到無比的快感，特別是性慾。

很多人都説自己不會出軌，自己不會和別人做愛的，但最後還不是都做了。我總覺得會有那麼一個人，可以點燃你從來沒有想過要做的行為，也是所謂的開發。其實這和愛情是一樣的，你也沒想過自己會為了一個人這麼卑微吧？

沒有，只不過是你還沒遇到而已。

對啊，還沒有遇到而已。

人性的不確定性讓我不安，有時看著她們在身下的挪動，泛紅的臉額，呼出蕩人的呻吟聲時。我不禁想，她們是否很熱衷做愛？為甚麼她們好像很想要似的？我是否滿足不了她？我是否還未開發她？我技巧是否不夠好？如果遇到比我好的，她們是否會沉迷和對方做？

## //

慢慢地，我內心愈來愈厭惡做愛這回事。

我知道這樣真的想太多了，但我對人性的不信任真的揮之不去。

人愈大愈難快樂，除了做愛。而且做愛，做就是了，很簡單就能獲到快樂的事，實在太過誘惑。

而且老實説，不要説她們了。如果有一個如三上悠亞般樣貌身材都是極品的女生，向我發出邀請共渡春宵，自問也裝不了多少清高。屆時甚麼心理上有點討厭做愛，甚麼我只和女朋友做愛，可能早已拋諸腦

後，因為生理上想做愛的慾望已佔據一切。

這種反應讓我更厭煩了。

我的不安來自於人，對於人的不安來自於性，因為除了別人會這樣做外，更因為我自己也有可能這樣做。

**我不相信別人，同時也不相信自己。**

**因為我明白到……**

**道德在慾望面前，只是一絲微塵。**

# | 忘記 |

**忘記，好像成為長大後最應學會的技能之一。**

**忘記，好像成為每個傷心人都想做到的事。**

**但我總覺得，忘記是不能主動的。**

我常常聽到人說：「我正嘗試忘記這件事。」我就會想，「忘記」這件事，可以自己主動令它發生的嗎？

我覺得，忘記往往在不知不覺間發生。在某日，你會突然發現，你的腦海中，那個人或那件事的影子，原來已經很久沒有出現了。又或是，甚至連你也發現不了自己已經忘記，因為你忘記了，忘了就不再想起。

若果再嚴格一點，上述的兩種情況，前者只是放下，後者才真的是忘記。其實忘記遠比放下難，當我選擇想去忘記的那些人或事，那必然都是一些刻骨銘心的傷心事。

大家不妨想一下，有甚麼人或事，你努力拼命想都想不出來？還記得幼稚園所有同學的名字嗎？還記得 2013 年 1 月 3 日的下午一點在做甚麼嗎？還記得那天問路的人的樣子嗎？

你們還記得嗎？這些我都記不起了。

為甚麼？為甚麼我拼命記都記不起了？

但是我還是記得我幼稚園時有對兄弟叫鍾 X 康、鍾 X 健，因為他們住我附近；我記得 2016 年 12 月 8 日的中午 12 時我接了一個畢生難忘的電話，因為那是一個死訊；我會記得我偶遇過的一些人的樣子，因為他是明星。

為甚麼？你們有沒有回想到甚麼人或事，已經很久沒有出現在腦海中的？為甚麼你還記得？

我會記住的，是因為它特別。會忘記的，因為它不重要。你們是嗎？何況一件刻骨銘心的事，即使你多麼不想去在乎它，但其實它比任何事都更重要。

我們想主動去忘記的，卻往往都是不能忘記的。即使過了多久，它還是會在某日，讓你觸景生情，又或是被人提起，重新出現在腦海中，這是無可否認、無可迴避的。你或許會有傷心，或許會沒有感覺。

**古龍曾説：「你愈下決心不思念對方，就會愈思念對方，因為決心不思念對方正是思念對方。」**

沒錯，不去思念與不去記起，是一種自然反應。刻意為之的，只是逃避。除非我們等到年老時身體機能令你忘記。否則我們都難以忘卻那些我們主動想要忘記的事。

時間可以使我們「暫忘」，但某日突然憶起之時，你還是如當初的傷心？還是早已一笑置之？

前者不是忘記，後者是一種放下。

放下是一種淡淡的時光流逝，某日憶起時覺得，不過是這樣；所謂「忘記」更像是一種極致的自我逃避，憶起時覺得原來自己還是那樣。

我們一直想要主動去忘記的，就注定忘不了。

其實我們所說的忘記，只是不想想起這件事時，我們會痛苦。因為若然不痛苦，我們又何以要忘記呢？

**所以我們說要忘記，都是自欺欺人。**

**我們想要的，其實是放下。**

# | 如果 |

**世界總是不如人意，所以才會有「如果」。**

我們很喜歡説「如果」，因為我們都喜歡「如果」之後的世界，那都是美好的。它是我們的反面，它是我們想擁有的。

就像如果可以的話，我想自己是一個有安全感的人。

如果我是這樣的人，那該有多好。

那麼我一定不會再想那麼多，所有的懷疑不再充斥腦海。雖不至於無條件地相信人，但起碼不會無理由地懷疑。我真的受夠了那不自控的、無限放大的猜想。如果我是這樣的人，我就會安然的活在這個世上，不會執著於那微乎其微的可能，並折磨得自己喘不過氣來。

如果我是一個不怎麼思考的人，那該有多好。

那麼我就不會再想甚麼人生意義，我不會想擁有太多不切實際的理想，我不會為了每天的營營役役而憂傷，更不會為自己無力反抗而沮喪，我會勤奮並心甘情願的上班與下班。這種平淡的生活使我知足，我再也不用活得像現在這麼累。

所以我又會想，如果我不缺錢，那該有多好。

我就可以辭去現在的職業，去追求我一生中的事業，即使那是多麼虛無飄渺的存在，即使我可能一生也達成不了，甚至在這方面毫無成就。但我知道會在追逐的過程中，找到一點光芒，我往前奔去，我會看到自己的影子，聽到自己的呼吸。若然死在這條路上，我也覺得自己是死得其所。

對啊⋯⋯那該有多好。

但⋯⋯這個世界哪有這麼多的如果。

如果之所以美好，是因為我們都做不到。但我們都沉醉於「如果」，畢竟想想又不用死。

## //

在感情世界中，「如果」這個詞，總帶點淡淡的哀愁。

在感情世界中，「如果」往往都在事過境遷之時，並充滿了後悔。畢竟後悔都不是可逆的，而人類總是後知後覺。發現之時，一切已經慢了，回不去了，餘下的也只有那悠長的悔狠與揪心。

我們總想有時光機，回到某個時刻給自己一個耳光，告訴自己不要信他，讓自己知道之後你會痛得體無完膚；又或是給那個還未死心的他一個擁抱，甚至說出那句沒有說出口過的：「對不起」、「其實我真的好喜歡你啊。」

但沒有了，好像每一段感情都會留有遺憾的。時間是不回頭的列車，我們只會愈走愈遠，即使那個錯誤只有毫不起眼的一點，但它已能使我們駛向兩個不同方向，終生不再相會。

事前我們並不知曉，所以事後才會悔恨。怎麼沒注意到這些細節？怎麼沒說出那句話？怎麼要顧著那該死的面子？我們會想「**如果當初怎樣怎樣的話，我一定會怎樣怎樣，那就就不會怎樣怎樣。**」

很多動人的電影，都喜歡用「如果」，就像這句：「**如果上天能夠給我一個再來一次的機會，我會對那個女孩子說三個字：我愛你。如果非要在這份愛上加上一個期限，我希望是……一萬年。**」

但這有可能嗎？

沒有的，一切都回不去了。

沒有了。

## //

很多人喜歡「**如果**」的句子，因為它很浪漫。

畢竟有時候我們所「**如果**」的都十分真實，甚至我們確信它會發生。「如果」就像月光，我們看見了它，並感受了它夜中的銀芒，撫慰了我們內心某處。

它近在咫尺，但我們一伸手，卻是那麼的遙不可及。

得不到的東西，都特別浪漫。

就像你。

如果……你也喜歡我。

如果你也喜歡我，那該有多好。

我會欣喜的點點頭，我會牽起你那有點瘦弱的手，跨過那座入雲的
大山。天上是漫天星辰，地下是流水人家；山的一邊是執子之手，山的
盡頭是兩鬢斑白。

那該有多好啊……我叫喚一聲，就能聽到你輕輕的回應；我一睜開
眼，就能看到你伏在我懷內安寧的臉孔，以及那微微起伏的眼睫毛；風
一大，你會躲到我的身後；累了的時候，你會依在我身上休息。

歲月靜好也不過如此，這該有多浪漫啊。

但浪漫之所以浪漫，只因它終究不會實現，它只存在一個又一個幻
想之中，那只是我心中達不到的彼岸。

一切都只是如果。

現實都是殘酷的，我只能看著你的背影，走向另一個人懷裡。他會
與你完成那條我想和你走的路，在那些我獨自一人的晚上，他會得到你
的回應，他會聽到你入睡的呼吸。

在那青山綠水之間，我只是一堵斷橋，你是奔向大海的流水；在這春夏秋之中，我只是一個看客，你並未回頭看過我一眼。

//

世界總是不如人意，所以才會有「如果」。

我們都很喜歡説「如果」，因為我們都喜歡「如果」之後的世界，那都是美好的。

但這個世界真的沒有「如果」。

可是不知道從甚麼時候起，人們都喜歡這些帶點哀傷的事，我們稱之為淒美，愈淒愈美，即使它很痛。就像準備枯萎的海棠花，也像浮在海平線上拼命掙扎的那點光。

我一直在想，這到底是為甚麼？

**但如果這個世界有「如果」，那該多無趣啊。**

－ 所有開始，都意味著結束 －　　303

# | 我們生來就是孤獨 |

遠方，偌大的草原。

一望無際的空間中，彷彿沒有時間，這兒只有一棵大樹，其餘一無所有，但它大得出奇，樹葉遮蓋了大半個草原。

我靠在樹下，是一隻黑鳥載我而來的。只不過此時牠奄奄一息地躺在地上。

我輕撫著牠微微起伏的胸口：「你快要死了呢。」

黑鳥看了看我，沒有回答。

我繼續說：「這是一件好事吧？」

黑鳥抖了抖黑色的羽毛，沒有回答。

我看了看一無所有的天空：「我相信是的，我們都是一樣。」

黑鳥閉上眼睛，依舊沒有回答。

風一吹，萬千樹葉隨風飄動。

它們沙沙地響著，是唯一的聲音。在這片亙古的大地上，都是抖動的陰影，鋪天蓋地的，分不清何者是葉，何者是鳥。

## //

一個早晨。

我在樹蔭下發呆，一把稚嫩的聲音突然出現：「嘻嘻，早安！」

「早安？」

那聲音說：「哥哥你在想甚麼呢？」

思緒被打斷，但我沒有被嚇到：「沒甚麼，在想死亡的事情。」

「死亡？」

「每到早上，我總有想死的念頭。」

聲音驚呼了一聲：「哎啊！為甚麼這樣想呢？這可不要得！」

我被它的反應惹笑了：「我也不知道為甚麼，每一個被陽光刺醒的早晨，我就會感到莫名的憂傷。人們總說新一天會有新開始，但我就是不想。所謂的新，於我而言根本就不是新，因為我還是一事無成。」

「我的確承認，那一縷陽光曾帶給過我溫暖，但正因為曾經擁有過，現在失去時才使我感到絕望，所以我討厭每一個早晨，它在告訴我又再開始失敗的一天，時間只是證明我的無用」

聲音說：「每個明天都是未知的，所以總有一個明天會好起來的！樂觀一點！」

我笑了笑説：「但也可以每個明天都是未知的，所以總有可能愈來愈差。」

聲音有點焦急：「你這樣未免太悲觀！」

我搖了搖頭説：「你這樣未免太樂觀。」

//

稚嫩的聲音打破沉默：「對了！那隻黑鳥呢？我記得是一隻黑鳥載你來的。」

我輕撫著手上白色的粗沙，説：「牠死了。」

聲音略顯哀傷：「對不起。」

「沒事，這是一件值得開心的事。」

「怎麼會呢？那可是死亡。」

我反問道：「活著難道就開心嗎？」

「每天重複的生活，上班、下班，偶爾和朋友見面，有時還不能太晚，因為明天要上班，有時加班到深夜。」

「還要給家用、計算儲了多少錢，那時心裡就特別慌，再看看樓價物價，壓力就大，大到連戀愛也不想談了，總覺得自己會連累到別人。」

「身邊曾經和我一起抱怨生活艱辛的朋友，現在過得都比我好，就更開心不起來了，我不是眼紅他們成功，只是覺得原來自己真的那麼無用。」

聲音沒有回答。

我問：「那你開心嗎？」

那聲音立即愉快起來：「開心！每天睜開眼都有溫暖的陽光，身邊的小伙伴會和我聊天，我最喜歡就是聽鳥兒説的，畢竟牠都會説一些遠方的故事。」

「到了晚上我也不害怕，因為晚風一吹，我們就會沙啦啦的響著，我就知道自己還未死去，感受到自己的存在，然後又是新的一天。」

我問道：「額……抱歉，你是甚麼？」

「我是一片葉子。」

//

漸黑。

葉子説：「哥哥，你自己一個人嗎？」

我笑了笑説：「那隻黑鳥只載了我一個人來。」

「是喔……」葉子停頓了一會兒，又説：「那你一個人，你會感到那甚麼嗎，啊……我忘了鳥兒説的那個感覺，就是……」

「孤獨嗎？」

「對！孤獨。」

「還好吧，每個人都是孤獨的，只不過我們聚在一起，才有不孤獨的錯覺，然而我們還是孤獨的，這是客觀的事實。」

「身邊的人移民，又或是愈來愈少聯絡，有些人就覺得孤獨。但於我而言，我們生來就是孤獨，我們本就如此。也許只有我是這樣吧，我總覺得沒有人會陪我一輩子，所有人都會離我而去，不是生離，就是死別。我只有一直孤獨地活著，並死去。」

葉子説：「那你會死嗎？」

「每個人也會死。」我笑了笑，然後指了指前方，説：「不單是人，所有東西都有它的壽命，比如那朵花、那株草、那片葉，都有它們的壽命。它們終會煙消雲散，沒有人記得它們存在過的痕跡。」

「我們都是一樣。」

葉子聽上去快哭了：「你甚麼時候死？」

我思考了一會兒，説：「不知道呢，也許是下一秒，也許是下一個日出前，又也許是寫完這篇文章之後，」

葉子哽咽地説：「你死了就沒有人和我説話了。」

「我死前會告訴你的，但你也要喔。」

「真的嗎？」

我笑了笑説：「真的，我很感謝你的陪伴。」

「我一定會告訴你！」葉子開心地笑了：「時間不早了，我要睡了。」

「好的，晚安。」

「哥哥晚安，明天再聊。」

//

一縷陽光刺進我眼，又是一個早晨。

今天不知怎的沒有想死亡的事，反而感到有點溫暖。

我朗聲説：「早安。」

沒有回答。

我想了想，又説：「葉子，早安。」

我又叫喚了幾聲，依舊沒有人回答，我有點焦急，才發現自己不知道它的名字，我只能大聲喊道：「葉子，早安，是哥哥呢！」

「在呢！早安！」

我興奮地說：「是你嗎葉子？」

「你誰啊？我不認識你。」

我驀地抬頭，只見密密麻麻的葉子，一模一樣，根本分不出是哪一片和我說話，更不用說昨天和我說話的葉子了。

「你新來的？」

我沒有答話，回到樹下坐著，如初來之時。

風一吹，萬千樹葉隨風飄動。

它們沙沙地響著，是唯一的聲音。在這片亙古的大地上，都是抖動的陰影，鋪天蓋地的。

分不清何者是葉，何者是我。

# | 所有開始，都意味著結束 |

**所有的人和事，都會有開始，只要有開始，就意味著有結束。**

這是無法改變的事實，但我還是討厭。

也許大家也試過，一夜狂歡之後，回歸平靜。拖著還有微熱的腦袋，仍有餘溫的情緒，搭上回家那程車時，看著外面飛快掠過的景象，內心泛起一陣難言的落寞。

只要渡過一個不錯的見面、約會、派對後，我就會有這種感覺。我不知道怎麼形容，你說開心嘛？那絕對不是。你說不開心嘛？我又覺得不算是，因為想不到不開心理由。

但這種感覺卻又如此真實。

後來我發現，這不過是開始與結束的落差。

開始永遠都是美好的，充滿激動、快樂；結束卻往往草率、不是滋味，就像快要睡著時，突然踩空階。

這種感覺令我不安。

久而久之，我害怕一切開始，因為我不知道何時會驟然失卻，不想感受那種落差。再後來，我會警覺地回避有可能的開始。若再精確點，

是會令我快樂的開始。

只要迴避快樂，就躲避了失落。

//

碩士畢業典禮後，我和同學們聚餐。

由於疫情，大家基本上都沒有見過真人，見面後我們只能透過對方做甚麼論文題目，才得知是誰。

「我做《孟子》。」

「我做《子不語》。」

「我做《說文解字》足字部。」

「我做假借字的爭辯。」

一開始我以為會挺尷尬的，畢竟大家沒有見過面，一來就坐在同一張枱上吃飯。但也許是大家健談，又也許是雖然兩年間沒見過面，但熟悉感仍然存在，所以我們很快就細聲講大聲笑。

一場原本尷尷尬尬，說話小心翼翼的飯局，變得像多年沒見的老朋友聚餐。

飯後，我們一起自拍、合照。

這已超越了我對這次飯局的預想，我真的很久沒有吃過一次如此愉快、舒暢的飯局。

真的。

此時，我突然想：「我們互不認識，接觸只有一頓三小時的飯，那麼⋯⋯吃完這頓飯後，需要繼續聯絡嗎？」

我糾結了很久。

最後，我沒有問他們的聯絡方式，他們也是。我不知道他們是怎麼想的，反正我是覺得，這一頓飯已經足夠了。

就把這當作是一夜情，大家互不相識，在天時地利人和下得到片刻的激情，一切都只是剛好。完結後、天光了，沒有必要延續下去。

雖然快樂的感受是真實的，但有些時事情在適當時完結，是最好的。

所以千萬不用再去拿甚麼聯絡，也不要再開個甚麼 Whatsapp 吃飯群組，更不要對那隨口說的「**下次再約**」上心，因為那只是場面話。

其實人大了，能有三小時可以忘記看電話，不停地聊天說笑，真的非常奢侈。再想延續新的開始，就會爛尾了。

就當作是萍水相逢吧，把一切的愉快留在這張桌子上就可以了。

我不想開始，也許他們也是這樣想。所以直到最後，我們也不知大

家的聯絡方式，以及名字。

如同未入席時一樣。但我沒有半點遺憾。

## //

「所有人或事，都會有開始，只要有開始，就意味著會結束。」

我知道這想法多少是偏激、病態的。

但我好像習慣了，我就是這樣覺得，特別是「人」。

思來想去，這些年來仍留在自己身邊的人，好像沒有了。他們就像沒有出現過一樣，但內心悵然的感覺告訴我，確實有人來過。

只不過……他們都不在了。

「所有人最終都會離我而去。」

我覺得會這樣想的人，大多也是經歷所致，才會對人如此不信任，更不想和人有開始的成份。

要形容的話，我們就像活在一個氣泡內，被一層薄膜包裹，維護著自己的情感，然後有一些人出現，並捏破了氣泡。

一次又一次地，以為他們會擁抱赤裸的自己。

但沒有。

一次又一次地，他們只任憑我們從高空墜下

看著他們的眼神，原來對方只是對我這樣的人感到好奇。

想捏破玩玩而已。

一次又一次。

無論是愛情，還是友情，都是這樣。

「我不會離開你，真的。」

多少說過這句話的人，即使開始時說得多麼誠懇，結束時留下的只有更絕情的背影。我不得不相信，所有的開始，都只會是倒數；所有的關係，都只會愈來愈短。

無論是家人、朋友、愛人，到最後不是生離，就是死別。

沒有人真的可以陪自己一輩子。

現在，我仍會真心地對待身邊的人，只是內心卻有個怪念頭，就是隨時準備好對方離我而去。

我知道不應該這樣想，但就是控制不了。

也許這是保護自己吧，我不想重視任何關係的開始，因為總有一天會結束的。

有時我覺得，自己很懦弱。

//

來了，又去了。

聚了，又散了。

合了，還是要別離。

擁有了，到底還是要失去。

世間所有事，好像都是這樣的，重重複複，又重重複複……

無論經歷了多少，時間過去多久，去到最後……好像甚麼都沒有變，回到最初的模樣。

這一切像是有種無法反抗的定律：凡事只要有開始，都會結束。

就像人會死一樣，都是由有變回無。只不過無不是真的無，在有和無中間，充斥著不少無法磨滅、存有溫度的事，只不過最後融化了。

有些人看得很開，會覺得「反正都會發生的，想來做甚麼？改變不了，就享受中間的過程！」

但我不能。

我會執著，並為其感到焦慮。

## //

所有開始，都意味著結束。

我不種花，因為我不想看到花的凋落。

我不想結束，所以我嘗試逃避一切開始。

但顯然這是不可能的，世間很多開始我們都無法迴避，比如工作、家人、時間、生命。

所以這樣的我，最後只能陷入一種病態的執著，不停輪迴，卻又無法解決。

**這才發現，原來只有痛苦是沒有結束的。**

－ 所有開始，都意味著結束 －　319

# | 我們都只是大家的過客 |

**人生是一個圓圈，我們擦身而過，或是相遇後又再別離。**

我們一生中所遇到的人，對比全世界數十億人而言也只是極少數，每次想到有些人終其一生也不能相遇，我就感到沮喪。

所以能夠相遇，已是緣份。

但無奈地，在這些有緣人中，還有親疏之別。比如有些人會和你親近點，有多些記憶點；又有些人只是互相知道名字，大家只是點頭之交，後來甚至連名字、容貌也忘了。

在這個圈中兜兜轉轉，最後留在自己身邊的，卻是少之又少。

客觀一點說，我們都是孤獨的個體，即使那個是認識了十數載的朋友、那個說會愛你一生一世的愛人、甚至是每天相處一起的家人，他們最終都會離你而去。

不是生離，就是死別。

沒有誰可以陪誰一輩子的，我們都只是大家的過客。

//

當然，要說死別的話，也就無話可說了，我們都會死亡。「**過客**」二字，之所以令人感到唏噓，在於「**生離**」。

我 19 歲的時候就認識了 M 小姐，她一直不透露年齡，只知道她大我好幾年。我們每個月總有幾天會出去吃飯，看電影甚麼的，更會每年為大家慶祝生日。

但也許就是相差的那好幾年，又也許大家真的沒有那種想法，我們始終只是朋友關係，一點也沒有越界。

最近，一位朋友突然問我：「怎麼最近都不見你提起她？」

「她？」

一時間，我也反應不過來，不知道朋友說的是誰。

朋友噴了一聲說：「那個……那個畢業送花給你的呢。」

我思考了好一會，才想起來，「喔喔……M 小姐？」

朋友追問：「對對對，M 小姐。你們怎麼了？」

我皺了皺眉，「甚麼怎麼了？」

「怎麼不見你提起她了？」

「沒聯絡了啊。」

朋友再追問：「吵架了？」

「沒有。」

「她談戀愛了，然後男朋友不准？」

「不是。」

「但你們認識 7、8 年了，怎麼就沒聯絡呢？」

我愣住了數秒，然後說：「就……就沒聯絡啊。」

//

在成長過程中，總會有那麼幾個人，來了又去了。

原本大家老友鬼鬼，出去玩又玩得開心，又曾經在那些夜裡，在海邊、公園內互訴心事，甚至陪伴大家渡過低潮，更說未來大家結婚時，要做對方的伴郎伴娘。

但最後卻不知怎的……就沒聯絡了。

沒有吵架，也沒有甚麼衝突。就那麼突然的……沒有再聯絡了。

沒聯絡到一個地步是，你有時候想起了他，你亦知道大家很久沒有說話了。你想找他聊幾句，但拿起電話，打開對話框時，卻又不知道可以說甚麼，甚至是尷尬。

我看了看自己和 M 小姐的對話，上次已是一年前的 1 月 1 日。她說了句「新年快樂」，我回了她一句「新年快樂」，連表情符號都沒有。

曾經無話不談的我們，竟然變得如此陌生。

我有想過主動說：「最近怎麼了，不如出來見個面吧？」，但正打算傳送時，想了想又刪了後一句，只剩「最近怎麼了？」然後又再想了想，決定加幾個表情符號，感覺輕鬆自然點。

我最後還是沒有傳送。因為我感到彆扭，明明曾經如此熟悉的人，現在卻連一句說話都要想那麼久，不說還以為自己在交友 APP 約人的開場白。

無奈之餘，又有點沮喪，所以最後還是算了。

## //

人愈大就會明白到，兩個人斷聯不一定需要甚麼衝突，更不需要憎恨。反而更多的，是淡淡地、像有默契般各走各路。

人生的分叉口很多，比如畢業、上班、結婚、移民等，這都使我們改變，然後大家變得慢慢不同，然後疏遠……可以是生活模式，也可以是價值觀。

其實，我知道和 M 小姐斷聯的原因的，那是因為大家不在同一條頻道上。比如我會有很多煩惱，比如人生、生活、死亡，社會上的公義，

但她則完全沒有思考這些。每次跟她說，她都只會回應：「我不懂你在說甚麼，想這些有甚麼用？」

對於 M 小姐而言，這個世界發生甚麼事、自己的未來如何規劃等，她都沒有概念。每天能喝一杯珍珠奶茶，回家後煲劇打機，就是她唯一的樂趣。

2019 年，看到她住的那邊爆發衝突，我告訴她不要出去，因為她那邊有 TG，她反問我：「甚麼是 TG？發生甚麼事了？」

跟她說寫作，她會說：「寫這些有甚麼用，能賺錢嗎？不能賺錢你寫來做甚麼？」

由那時起，我就知道自己和 M 小姐再沒甚麼好說的了，即使我們認識了 8 年。

這當中沒有誰對誰錯，因為由我認識她第一天起，她就是這樣，她這 8 年來都沒有變，變的只是我。

而人，往往會在這些變化中，慢慢成為對方的過客。

## //

人生的分叉口有很多，我們總會在某個分叉口起漸行漸遠。

當你回過頭來時，會發現連對方的背影也看不到。

原本曾經相熟的大家，已成為了對方生命中的過客。

所謂過客，不一定是老死不相往來，而是知道見面了，也沒甚麼話好說。就算是見面了，可能只是點點頭、寒暄幾句，所以索性就這樣算了吧。

於我而言，合則來，不合則去。在窒息的生活中，我不想再浪費力氣去處理人際關係。

留下來的，我會好好珍惜還能相處的每一天，就算之後離去，我也不會埋怨，更會希望對方可以過得好好的。

因為我知道人與人之間的別離不用甚麼理由，更多的只是要生活而已，所以我慢慢地對於身邊的人離開，也看得愈來愈淡。

如果人生是一條算式，那麼留在身邊的人就會是一條減數。

因為我們不是生離，就是死別。

**沒有誰可以陪誰一輩子的，我們都只是大家的過客。**

# | 陌生人，我也為你祝福 |

**陌生人，這個世界是如此荒誕。**

我知道。

在這裡活著，你很辛苦。

呼吸著空氣，卻感到窒息，因為人們只在乎鳥兒飛得遠不遠、高不高，卻不在乎飛得累不累。

飛不動了，死了。他們又說：「沒一個鳥樣。」

他們只在乎你考沒考到好成績、讀不讀到大學、入不入到好公司、賺不賺到錢、買不買到樓。卻絲毫不在乎你有沒有壓力、有甚麼夢想、想過甚麼生活、日子過得累不累。

陌生人，我在乎。

陌生人，我不認識你，正如你也不認識我一樣。

或許我們曾經擦身而過，或許我們在同一間餐廳吃過飯，又或許你曾聽過我在街上放聲大笑的模樣。但到底……我們還是認不出彼此。

想來一生，大部分人的關係都是這樣的。

我們就像活在一個圓形中，不斷相遇又不斷別離，曾經如此靠近，卻到底沒有說上一句話，也沒有給上一個擁抱，然後就死了。

人們總感到孤獨，也許就是我分擔不了你的憂愁，你也分享不了我的快樂吧。

我不想這樣。

//

所以陌生人，我也想為你祝福。

雖然我不認識你，但我知道你辛苦了，能堅持到這一刻，都是不容易的。

有多少天，拖著疲憊的身軀下班回家後，洗個澡吃個飯，時間已所剩無幾，不幸的話還要回覆客人或公司的訊息。

躺在牀上，又睡不著。

腦袋都在想明天有甚麼要做，第一件要做的事又是甚麼。想到做不完的工作、無理而刻薄的上司、莫名針對你的同事，辦公室內的政治，你就感到窒息，但又束手無策。

畢業後，愈來愈感受到……在這個城市要活著，好像甚麼都得要委屈著自己，逼著以往的自己去死。

以往的夢想嗎？沒有忘記，但沒有再提起了。

你開始想……這是為了甚麼？自己可以怎麼辦？如何解決這個困局？但你看著狹小的房子，聽著父母沉睡的呼吸聲，你發現自己真的無路可行，更不知何時結束。

還是趕快睡吧。

畢竟數小時後，鳥兒的鳴叫又再提醒自己，又要繼續輪迴了。

//

又有多少個晚上，看著手機，等待著那個人的訊息。

當然，最後是等不到的。

長大後發現，一些原本不用等的人和事，變成要等的時候，往往都不會等到的，但自己就算早已知道等不到，卻還是傻傻地等下去。

雖然我們不同，談的對象亦不一，但受到情傷的時候，我們都一樣。

我知道。

這一年，或許你相信過愛情，然後又破滅。以為有人來拯救自己，原來對方只是把你推往更深的深淵，然後就更不相信愛情了。

有時候又會犯賤，過了好一會兒又想念那個傷害了你的人，即使心

底在阻止自己，但腦海中還是想起過去的日子。

你想再試一次，想回到過去。

然而你知道，那都是不可能的，過去的一切早已不復存在，無論是那些幸福的時光，還是那個愛你的他／她。

所以在那些無眠的晚上，獨自在流淚。

沒有了早安、晚安，沒有那些無聊的自拍，無聊的分享，混身不自在。

以往那些隨手可得的必然，已經絕跡了。

以為自己數個月就好了，怎知道 2022 年年尾了，經過那個位置、聽到那首歌，還是想起了他。

陌生人，雖然我不認識你，但我都知道。

把一切交給時間，就讓時間過去吧。雖然時間不是答案，但答案會在時間之中。

也請你相信，總有一個人會在前方默默的等你到來，當你看到他的時候，你會知道「是他了。」，然後他會牽著你的手，走過那座山，渡過那片海，和你看往後的每個日出與日落。

不要問我為甚麼，有些事情就是要盲目的相信。

所以，我也為你祝福。

// 

陌生人，當你看到了這裡，腦海中一定泛起了不少事情吧。

我在寫這篇文章的時候，也是。

當然，我不知道你的事是甚麼，誠如你也不知道我的事一樣。但那些事情應該使你痛苦吧，畢竟人總是記著不開心的事。

當然，如果你那些是快樂的，我亦為你感到高興。

但我相信，大部分人都是前者。

一年過去，問題依舊，甚麼都解決不了，然而自己仍然這麼活著，過著每一天。

活著的人，大多都是這樣的吧？

我想是的。

// 

最近天氣愈來愈冷，就像這個世界一樣。

陌生人，我希望這篇文章給到你一點溫暖。

雖然我們各自有不同的問題，但到底這一年還是過去了。

我總是覺得，在這世道下還能活著，還能見上一面，或是像我們般因文而相會，都是一種小幸運，也算是一種堅強。

所以陌生人，我很想對你說，你真的很棒，請你也要如此對自己說。

陌生人，我知道看完這篇文章後，問題不會被解決，壓力也不會被消除。

但我希望你知道，在呼吸著相同空氣的某個角落，有人和你一樣，他想給予你一個擁抱，並說：「不要緊，我也是。」

陌生人，雖然我不認識你，但我也希望你明天一早起來，有勇氣去面對大門後的世界。

陌生人，我也為你祝福，即使我們素未謀面。

陌生人，我願你今後一切安好，那些黑夜不再倒映著寂寞及痛苦。

**陌生人，但願某日，你會自信地告訴我：**

「我是個幸福的人！」

我們說要忘記，

都是自欺欺人。

我們想要的，

其實是放下。

所有的人和事，

都會有開始，

只要有開始，

就意味著有結束。

# 所有開始，
# 都意味著結束

作　　者　　隨想
責任編輯　　賜民
美　　術　　Mzcca
排　　版　　賜民、Mzcca
出版經理　　Venus

出　　版　　夢繪文創 dreamakers
網　　站　　https://dreamakers.hk
電　　郵　　hello@dreamakers.hk
facebook & instagram　@dreamakers.hk

香港發行　　春華發行代理有限公司
　　　　　　香港九龍觀塘海濱道 171 號申新證券大廈 8 樓
　　　　　　電話　2775-0388　　傳真　2690-3898
　　　　　　電郵　admin@springsino.com.hk

台灣發行　　永盈出版行銷有限公司
　　　　　　台灣 231 新北市新店區中正路 499 號 4 樓
　　　　　　電話　(02)2218-0701　　傳真　(02)2218-0704
　　　　　　電郵　rphsale@gmail.com

承　　印　　美雅印刷製本有限公司
香港初版一刷　2023 年 7 月
ISBN: 978-988-76303-2-6
Published and Printed in Hong Kong

定價｜HK$108 / TW$540
上架建議｜散文、流行讀物

# 夢繪文創

dreamakers